Un autre m'attend ailleurs

Du même auteur

Le château des trompe-l'œil
Éditions de La Martinière, 2022
Folio, 2024

Les Premiers de leur siècle
Éditions de La Martinière, 2015
Points, 2016

Le Bouffon de la Montagne
Éditions de La Martinière, 2016

Chez d'autres éditeurs :

Autoportrait à la guillotine
Stock, 2018

L'Hystéricon
Gallimard, 2010

L'Archange et le procureur
Prix Mottart de l'Académie française
Gallimard, 2008

Christophe Bigot

Un autre m'attend ailleurs

Roman

Éditions
de La Martinière

ISBN : 979-1-0401-1843-5

À mon Sylvain, qui, le premier,
a cru en ce projet un peu fou.

Ceci est un roman basé sur des faits réels. Les dialogues sont inventés, de même que les pensées des personnages et un certain nombre de scènes. Toutefois, j'ai suivi autant que possible la chronologie des événements et les témoignages auxquels ces derniers ont donné lieu, si lacunaires et parfois contradictoires soient-ils.

Les phrases citées en italique sont de Marguerite Yourcenar.

« Refuser le réel, c'est parfois commencer par lui opposer ce que nous allons faire, et donc ce que le réel sera demain. Parfois aussi, c'est rêver que les choses ne sont pas ce qu'elles sont, c'est leur substituer par la seule imagination un monde plus conforme à nos vœux. Nous sommes ici dans la passion. »

Ferdinand Alquié, *Le Désir d'éternité.*

« "Un autre m'attend ailleurs. Je vais à lui. [...]
– Qui ? demanda Henri-Maximilien, stupéfait. Le prieur de Léon, cet édenté ?"
Zénon se retourna :
"*Hic Zeno*, dit-il. Moi-même." »

Marguerite Yourcenar, *L'Œuvre au noir.*

L'idole du quai Conti

« Je sais tout de vous, puisque je vous ai lue. Et chacun n'a qu'à vous lire pour savoir tout ou presque tout de vous. »

Jean d'Ormesson,
Réponse au discours de réception à l'Académie française de Marguerite Yourcenar.

Aujourd'hui, Marguerite Yourcenar est reçue à l'Académie française.

Quai Conti, les heureux invités sont persuadés de connaître leur sujet. Ils égrènent les faits tangibles. Révisent les dates officielles de la frise, répétées à plus soif par les journaux et la télévision. 1903 et 1981, extrémités d'un parcours d'exception écartelé entre deux continents et deux âges. Acte de naissance bruxellois dans une époque dite belle, enrubannée de froufrous mais menacée d'apocalypse. Et en ce jour, donc, consécration valant pour inhumation. Ou plutôt, soyons respectueux, entrée vive dans l'immortalité des spectres, à l'heure des paparazzi et de la conversion imminente de la gauche à l'économie de marché.

Les livres, maintenant. 1951 : *Mémoires d'Hadrien*, 1968 : *L'Œuvre au noir*. Deux colonnes trajanes sur lesquelles se tient l'imposant monument des œuvres complètes – personne ici n'aura le mauvais goût d'avouer ne pas les avoir lues, ou pas entièrement, ou pire encore, de s'y être cassé les dents. Œuvres incomplètes pourtant : on dit que cet esprit vif-argent n'a jamais eu autant de projets en cours, traductions, essais, récits au bord de l'éclosion, interminable labyrinthe autobiographique en voie d'achèvement. N'était-elle pas l'autre jour encore chez Pivot pour un nouvel opus ? La bête vit toujours, on le voit à son œil de crocodile, féroce d'intelligence prolixe, prête à soulever le couvercle du mausolée où on veut l'enfermer.

On rappelle ses titres de gloire. Lourds comme des vases grecs. Pompeux comme des épitaphes princières. On les déchiffre dans la presse charognarde – autant de temps de gagné pour le jour, plus très éloigné, nul besoin d'être devin pour le prophétiser, où il faudra exhumer la fiche nécrologique. Prix Femina décerné à l'unanimité. Élection à l'Académie royale de Belgique. Grand Prix Albert de Monaco. Grand Prix de littérature de l'Académie française. Entrée prochaine dans la Bibliothèque de la Pléiade. Première femme à y entrer *de son vivant*, comme elle l'est aujourd'hui à être reçue à l'Académie française.

On se répète les chiffres magiques : 2, ses nationalités, 77, son âge, une quarantaine, le nombre de langues dans lesquelles elle est traduite. On préfère oublier les vingt voix récoltées l'an dernier lors du vote, contre douze pour Jean Dorst, le directeur du Muséum d'histoire naturelle. Une voix de plus seulement que la majorité requise, ouf, il s'en est fallu d'un cheveu, les petits écrans du monde entier eussent été privés de ces images à la gloire de la littérature et de la France éternelle. Désormais, il y a consensus. Même les polémiques ont alimenté la fraîche unanimité : quel sacrifice représente l'élection simultanée du journaliste Michel Droit, monnaie d'échange exigée par les académiciens les plus hostiles à Yourcenar ? Que pèse un homme au prix d'un *symbole* ?

*

On croit tout savoir, donc. On ne fait qu'égratigner le mystère.

À partir d'aujourd'hui et pour les siècles des siècles, Yourcenar restera ce sphinx. Mélange de paysanne flamande et de précieuse Grand Siècle. D'empereur romain et de déesse hindoue. De bonze tibétain et de sorcière médiévale.

Observez-la. Yeux en diagonales descendantes, plissés par un sourire ironique empruntant le chemin contraire et relevant irrésistiblement les larges bajoues. Blanche et noire dans son costume dessiné par Saint-Laurent, nouveau thuriféraire de cette icône sans âge. Cryptique et imperturbable sous les tambours de la Garde républicaine qui l'escortent jusqu'à son fauteuil, le numéro 3, sous les flashes inévitablement *crépitants* qui l'auréolent d'une gloire phosphorescente. Minérale comme les pierres aimées par elle et Roger Caillois, celui dont elle s'apprête à occuper la place et, conformément à l'usage, à prononcer l'éloge.

Pas une statue, pourtant. Et tellement plus vivante en tout cas que celle qu'on a installée au musée Grévin l'an dernier ! Son effigie, à l'embonpoint exagéré par une évidente malveillance, y a été calée dans une loge de théâtre, à côté des figures à la mode du monde des arts et de la culture, Jean Piat et Françoise Dorin, Régine Crespin et Salvador Dalí. Dans ce décor façon pages *people* de *Match*, elle semble déjà morte. Mais là, on peut en attester, elle bouge. Un témoin jure qu'elle a cligné des yeux.

*

Ce jeudi 22 janvier 1981, il fait gris et pluvieux. Les visons sont de sortie, n'en déplaise à l'avocate de la cause animale qu'on célèbre. Dans l'entrée qui fait communiquer la porte du quai Conti et la chapelle, quelques invités s'attardent, remontant leur col pour se protéger du courant d'air, dans l'espoir de voir entrer Giscard. Il arrive avec un retard calculé, au bras d'Anne-Aymone coiffée d'un élégant bibi, et demande à signer la feuille de présence.

Il y a quelques minutes, au son des tambours qui font résonner dans le cœur de chacun *une certaine idée de la France*, on a vu arriver les académiciens dans leur tenue de scarabées vert et noir, descendant prudemment les marches du grand escalier. On les distingue mal, chenus et tremblants qu'ils sont. Seule une paire de lunettes à la monture plus épaisse ici, un cheveu encore noir ou une paire de moustaches là permettent d'émettre des hypothèses sur leur identité. Jean Dutourd ? Henri Gouhier ? Ils ne sont pas au complet, d'ailleurs, à ce qu'on dit. Certains sont restés à domicile, les rhumatismes justifiant la bouderie. Mais vers la tête du cortège, entre les sabres dressés, juste derrière Alain Peyrefitte et devant les parrains de l'impétrante, Maurice Schumann et Jean Delay, on les a aussitôt identifiés : *elle* et son garde du corps personnel, le sémillant Jean d'Ormesson, si vert encore, jubilant d'être l'artisan de ce coup d'État déguisé en facétie de gamin.

Elle, on l'a trouvée étonnamment petite, malgré la noblesse du port de tête. La démarche d'une raideur pontificale, un peu hésitante, à se demander si elle ne craignait pas de se prendre les pieds dans sa traîne. Mais rien à dire, elle fait bonne figure. Mesdames se répètent dans un bruissement de lèvres la description de cette savante alternative à l'habit militaire. La variante dessinée par le couturier fétiche de Catherine Deneuve se décline de la manière suivante : dolman et jupe brodés de passementerie en velours noir. Blouse de crêpe immaculé. Cape de drap sombre, souliers noirs d'où émerge la chair gonflée du pied et, cerise sur la dame blanche, mousseline damassée de satin négligemment nouée autour du cou. Au moment où elle passait sous la Coupole, elle a fait glisser le chaperon étincelant sur ses épaules pour découvrir son visage. Les cameramen placés du côté gauche ont cru qu'elle portait le chignon. Quelques mèches remontées au-dessus de l'oreille et artistement striées paraissaient tenues par des épingles ou des peignes. Mais du côté droit, c'est bien ce carré à la Jeanne d'Arc qui la rend si désespérément *hommasse* aux esprits chagrins.

Le couple présidentiel a pris place au centre de la Coupole dans des fauteuils Louis XV. Les invités, triés sur le volet et pourtant trop nombreux, font face aux membres de l'Institut. Beaucoup sont restés debout pour mieux voir. La séance s'ouvre.

*

Dérogeant au protocole, l'élue, au lieu de lire son discours de remerciement debout depuis sa place, s'installe à une petite table, sous la tribune du bureau de l'Académie occupée en son centre par Jean d'Ormesson. Les premières secondes du discours sont inaudibles. On lui redresse son micro. Le silence se fait, Yourcenar s'assoit et parle.

L'assistance est aussitôt subjuguée par cette voix unique, aux inflexions aristocratiques et traînantes, délicatement pompeuses et subtilement sensuelles. Rassurée aussi. Le discours n'a rien de révolutionnaire : éloge des dons de l'amitié ; respect revendiqué de la tradition ; évocation de la « troupe invisible de femmes » qui aurait pu ou dû la précéder dans le saint des saints, mais avec, pour chacune d'entre elles, une infime perfidie glissée sous la couronne de laurier. Mme de Staël est réduite à la qualité supérieure de son esprit sans qu'il soit question de ses romans. George Sand à la femme émotive, la personne l'emportant en intérêt sur l'écrivain. Colette est mentionnée comme en passant, par acquit de conscience. Qui connaît le mépris que Yourcenar professe en privé pour cette représentante archétypale d'une France qu'elle déteste, populaire mais chichiteuse, archaïque et popote ?

En bref, l'élue délivre un non-lieu dans le procès en misogynie intenté à la vénérable institution qui l'accueille, et qui, gardienne des mœurs, n'aurait logiquement jamais pu être en avance sur elles. Intérieurement, l'assemblée se pâme.

C'est ensuite que ça se gâte. L'éloge de Caillois est beau mais obscur et interminable. On sent remuer en soi de vagues souvenirs d'école. On cherche à se raccrocher à quelque référence familière, à se hisser au niveau de cette hauteur érudite et mystique qu'on voit étinceler, très loin sur les sommets enneigés. Mais qu'est-elle en train de raconter ? Pourquoi évoque-t-elle cette habitude d'apposer ses mains contre les pierres pour en ressentir les vibrations ?

On crie muettement grâce tandis que les estomacs gargouillent en songeant aux petits-fours qui les attendent. Comme à la messe, on cherche des distractions. On regarde beaucoup le président, en spéculant sur sa réélection. On se laisse étourdir par les parfums capiteux – *Shalimar* de Guerlain et *Cabochard* de Grès reviennent décidément à la mode. On contemple les petites mains de Yourcenar historiées de bijoux. Elle s'est fait offrir, dit-on, à la place de l'épée d'académicien, trop phallique, un denier d'or à l'effigie d'Hadrien monté en bague.

Combien de temps ces mains vont-elles retourner les feuillets où s'étale sa prose ? Combien de pages dans le tas restant ?

Soudain, la péroraison, brutale, sonne l'heure de la délivrance : *Cher Caillois, il m'arrivera encore de penser à vous en m'efforçant d'écouter les pierres*. Aussitôt le tonnerre d'applaudissements, d'autant plus fort que mêlé de soulagement. Giscard et Anne-Aymone, en bons souverains républicains, se contentent de dodeliner du chef.

L'auteur d'*Au plaisir de Dieu* reprend la parole. Dans la querelle qui oppose Sainte-Beuve et Proust, Jean d'Ormesson choisit crânement son camp : la vie d'un écrivain n'explique pas son œuvre ! Il n'est besoin que de lire ses œuvres pour le connaître.

On se demande si l'intéressée partage ce point de vue. Et si d'Ormesson lui-même en est dupe. Il sait, comme tout le monde, que Yourcenar refuse le moindre commentaire sur sa vie intime. Mieux vaut ne pas la prendre en traître sur ce point. Mais est-il en mesure de soupçonner l'abîme qui sépare la figure publique de la femme privée ?

Il s'est battu pour imposer sa candidate, meilleure carte d'un jeu qui contenait aussi Aron et Aragon. Le premier était trop antipathique aux uns, le second trop communiste aux yeux des autres, sans compter qu'avec son ego surdimensionné, il aurait fallu se mettre à plat ventre. Jean d'Ormesson s'est donc voué à Yourcenar, moins par féminisme que, prétend-il, pour assurer à son ami Caillois un successeur *digne d'estime*. Mais c'est à peine s'il a pu s'entretenir en privé avec la grande Marguerite lors de leur première rencontre, quelques jours plus tôt, sur le tournage d'*Apostrophes*. Alors que peut-il prétendre connaître de plus sur elle que tout un chacun ici, à savoir : qu'elle vit sur une île au nord-est des États-Unis ; que sa charmante maison de bois s'appelle Petite Plaisance ; qu'elle y a partagé quarante ans d'existence avec sa traductrice récemment disparue ?

Marguerite a déclaré que *son moi flottant n'était délimité que par les quelques ouvrages qu'il lui était arrivé d'écrire*. Posture destinée à décourager les curieux ? Personne ne soupçonne le peu de cas qu'elle fait de ce soudain vedettariat. Tout le monde ignore, tant elle paraît concentrée, qu'elle est partiellement absente. Davantage même qu'une bonne partie de ces auditeurs à l'attention dissipée. Ce protocole lui pèse. Et ce triomphe n'est que le trophée dont elle souhaite couronner *une autre tête*.

Sitôt la cérémonie achevée, elle va saluer le président et son épouse. Mais foin des agapes avec ses nouveaux confrères. Ce n'est pas avec eux qu'elle compte célébrer cette victoire, si amère à certains. Elle s'éclipse. Impatiente. Désinvolte. Forte de cette récompense qu'elle n'est jamais allée chercher mais dont elle considère, au fond, qu'elle lui est due, et qu'elle la parera, à des yeux encore novices, d'un peu plus de prestige encore.

Il l'attend, ailleurs, dans le Marais, loin des ors de la République et des caméras de la télévision française. Celui qui, depuis un peu plus d'un an, la porte comme un surfeur tout en haut d'une vague gigantesque. Son amour secret. Son Antinoüs américain.

Jerry Wilson.

L’embrasement des couleurs

« Un jardinier me fait remarquer que c’est en automne qu’on perçoit la vraie couleur des arbres. Au printemps, l’abondance de la chlorophylle leur donne à tous une livrée verte. Septembre venu, ils se révèlent revêtus de leurs couleurs spécifiques, le bouleau blond et doré, l’érable jaune-orange-rouge, le chêne couleur de bronze et de fer. »

Marguerite Yourcenar,
Écrit dans un jardin.

1

Elle ne se souvient plus de la première fois où elle l'a vu. Elle se rappelle les circonstances, bien sûr – le tournage de cette émission lamentable dont personne n'a compris, elle la première, pourquoi elle avait accepté d'y participer. Mais elle n'est plus sûre du moment exact où elle s'est rendu compte de sa présence à lui.

C'était en mai 78. Le mois où Grace s'est fracturé l'épaule en raccrochant la moustiquaire de la cuisine. Sa chute a-t-elle eu lieu pendant ou après le tournage de l'émission ? Plutôt après. Ça ne ressemblait pas à Grace d'attirer l'attention sur elle. Tout débarquement d'étrangers à Monts-Déserts, l'île bien nommée où elles avaient fait leur vie, la mettait d'une humeur exécrable. Cela ne l'empêchait pas de faire des efforts surhumains pour n'en rien laisser paraître. Mais peut-être cette chute était-elle une façon pour son corps de se rappeler à l'attention de chacun ? On ne risquait pas de l'oublier, pourtant, ce pauvre corps. Bourré de métastases, brûlé, déformé par la chimiothérapie… Ruth, l'infirmière de Miss Grace, avait été obligée de serrer le bandage pour éviter au bras de trop gonfler.

Le premier jour, donc, Jerry n'a guère été pour Marguerite qu'un figurant. Une silhouette parmi les autres membres de l'équipe de télévision. C'est curieux comme dans la vie, les premiers rôles ne se présentent jamais de plain-pied.

Celui qui attirait toute la lumière, c'était Maurice Dumay, le producteur. Un garçon bien élevé. Cultivé. L'air plus jeune qu'il n'était, à en juger par la longueur de son pedigree. Tête d'éternel étudiant, avec ses lunettes trop grandes pour son visage. C'est lui qui menait la conversation, dans un français fluide, élégant et jovial. Elle en avait été enchantée, elle qui avait si rarement l'occasion d'entendre et de pratiquer sa langue maternelle.

Jerry n'était là qu'à titre de comparse. De petit ami de Maurice, comme elle l'avait compris plus tard. Ce dernier avait réussi à crocheter la porte du temple, autrement dit à déjouer les suspicions de Grace, qui prenait seule les décisions la concernant. Maurice ne s'était pas contenté de professer, un peu servilement, son admiration pour le grand écrivain. Il avait manifesté une excellente connaissance de l'œuvre. Ses faits d'armes en tant que producteur – un documentaire sur le Velvet Underground, un ballet de Roland Petit d'après Proust – avaient aussi joué en sa faveur.

Les conditions avaient été posées. Le tournage ne devait pas durer plus de deux jours. L'équipe logerait à l'hôtel de Northeast Harbor, le village le plus proche de Petite Plaisance, et y prendrait ses repas. Personne ne gênerait personne. Au premier signe de fatigue, on laisserait *Madame* se reposer.

Sur le programme de FR3 où devait figurer l'interview, on n'avait pas appris grand-chose. L'émission, premier épisode d'une série consacrée à la musique des terroirs, s'intitulait *Le Pays d'où je viens*, en référence à un film populaire avec Bécaud. Le choix s'était porté sur la Flandre, que Yourcenar avait contribué à remettre à la mode grâce au succès d'*Archives du Nord*. L'entretien serait inséré dans un divertissement tourné pour l'essentiel aux environs de Lille. Grace n'avait pas mesuré le risque d'un folklore assez peu au goût de Marguerite.

⋆

Le tournage a commencé le lendemain de l'arrivée de l'équipe.

Marguerite s'est prêtée de bonne grâce aux questions de Maurice. Quand ça a été terminé, on a servi une collation sur la terrasse. Puis elle a quitté le petit groupe pour se dégourdir les jambes. Dans le petit bois au fond de la propriété, elle a deviné une silhouette longiligne en train de fumer une cigarette. Les chênes, bouleaux et érables formaient une voûte fraîche au-dessus des mousses et des fougères, d'un vert encore cru à cette époque de l'année. Les rayons filtrés par le feuillage jouaient dans ses cheveux. N'est-ce pas à cet instant qu'il est véritablement entré dans son champ de conscience ? Elle se rappelle avoir souri en songeant qu'un faune avait élu domicile dans son bois.

Plus tard, depuis la terrasse, elle l'a reconnu dans la cuisine, en grande conversation avec Grace.

« C'est un gentil garçon, lui a dit cette dernière le soir, dans un rare élan d'aménité. Figurez-vous qu'il vient du Sud, comme moi. »

*

Le lendemain, les six membres de l'équipe sont montés avec Marguerite au mont Cadillac. On leur avait dit qu'en raison de sa position à l'extrémité orientale du continent, *Mount Desert Island* était le premier point du continent américain à être touché par les rayons du soleil. Marguerite leur a confirmé cette information avec un absurde sentiment d'orgueil. Visiter en compagnie d'yeux neufs des lieux aimés – mais dont la lassitude ou la tristesse nous a dégoûtés –, rien de tel pour reprendre la mesure de leur beauté et de notre chance.

En ce début du mois de mai, il y avait peu de voitures sur le parking. Pour encore quelques semaines, l'île méritait pleinement l'appellation de Monts-Déserts que lui avait donnée Samuel de Champlain en la découvrant, vierge de toute intrusion, quatre siècles plus tôt.

Protégés par des plaids, ils se sont installés sur les grands blocs granitiques formant des sièges naturels. Ils ont ouvert le thermos de café fumant et trempé dans leur tasse les pains briochés préparés par Grace. Ils avaient mal aux yeux à force de fixer les ténèbres. Le soleil a fini par apparaître au-dessus de la ligne d'horizon, simple rognure d'or pur. En quelques minutes, il est devenu un hémisphère en bronze vert, puis une grosse boule d'un rouge orangé. Marguerite ne sait pourquoi cette couleur lui a toujours rappelé les bonbons acides aux fruits rouges qui lui dévoraient la langue, petite, à Ostende. Quand le soleil s'est complètement dégagé de la surface de l'océan ponctuée d'îlots noirs, le rocher et leurs visages ont pris une même teinte de champagne rose. C'est à ce moment-là qu'elle s'est aperçue que Jerry était blond. De ce blond un peu jaune que le soleil et le sel rendent blanc, à la fin de l'été.

*

Ils ont continué la visite des lieux incontournables du parc national d'Acadia. À Bubble Pond, le vaste étang qui borde le mont Cadillac, la transparence de l'eau a donné lieu à des commentaires émerveillés. Marguerite a fait remarquer que la partie immergée des blocs de granit ne souffrait d'aucune altération dans ce cristal liquide peigné de longues herbes. C'était la même teinte délicatement saumonée que la roche à l'air libre.

« Nous sommes dans un milieu protégé, a-t-elle expliqué. Entendons-nous, une côte si découpée serait irrémédiablement souillée en cas de marée noire. Mais nous échappons du moins aux sournoises pollutions déversées dans les rivières du continent par des industriels cupides et dénués de scrupules. »

Les membres de l'équipe ont acquiescé, admiratifs.

Ils ont poursuivi le long d'Ocean Drive, entre les sapins touffus d'un vert presque noir et les rochers du littoral tapissé de plaques herbeuses.

Jerry conduisait silencieusement. Depuis la banquette arrière, Marguerite s'est avancée.

« Il faut revenir à l'automne. Quand les arbres sont rouges. C'est là qu'on sent vraiment la grandeur de ces paysages. »

*

Toute l'équipe est partie, à l'exception de Maurice et Jerry. Sous le charme, ils ont décidé de prolonger leur séjour de vingt-quatre heures. Les deux femmes leur ont consacré l'après-midi. Marguerite s'est dit que les choses commençaient à devenir intéressantes. Pourtant, Maurice et Jerry n'étaient encore à ce moment-là qu'un couple sympathique à ses yeux.

Ils se sont rendus tous les quatre à la bibliothèque de Northeast Harbor. Ont arpenté les boutiques de l'unique rue commerçante – confitures et conserves, *stockfish* et matériel de pêche –, avant de reprendre la voiture et de déambuler dans le cimetière de Brookside, à Somesville.

De larges allées séparaient les prairies vallonnées, plantées de tombes diversement inclinées. Un pont de bois blanc, qui n'aurait pas juré à Giverny selon Maurice, enjambait un ruisseau. Un pivert donnait du bec contre un tronc. Maurice n'avait jamais vu de cimetière américain en dehors des films d'horreur ou des plages de Normandie. Il s'est extasié devant le charme des lieux. Jerry gardait le silence. Marguerite s'est dit qu'il devait être habité par ce sens du sacré qui la prenait toujours au contact des morts. Grace aussi se taisait. Songeait-elle que lorsqu'elle aurait cessé de lutter, c'est sous l'un de ces mamelons herbus qu'elle reposerait ?

Ils sont revenus boire le thé à Petite Plaisance en mangeant les *popovers* de Grace, ces petits pains de Nouvelle-Angleterre réservés aux invités de marque.

Marguerite leur a fait faire un nouveau tour de la maison. Zoé, la chienne au poil roux, les suivait en jappant le long des plates-bandes d'iris, de muguet et de lis sauvages.

Marguerite a vanté les mérites d'Elliott, le jardinier. Il connaissait les associations propices de végétaux, s'ingéniait à acclimater des espèces exotiques, savait produire le bon mélange de cendre et d'humus pour atténuer l'acidité des sols. Il lui avait promis que les lilas, malgré un léger retard, allaient bientôt jeter leur feu mauve.

Marguerite se rappelle avoir senti davantage d'intérêt de la part de Jerry que de Maurice à l'égard de la fragile beauté qui les entourait. Le jeune homme s'est attardé d'un air grave devant la tombe des précédents cockers, Monsieur et Valentine. Il a aussi posé des questions sur le compost. Est-ce qu'on pouvait y mettre des arêtes de poisson ou des coquilles d'œuf ? Comme la lumière baissait, Maurice a fait comprendre qu'il était temps de rentrer à New York.

Quand ils sont partis, un grand froid a saisi Marguerite. Elle s'est souvenue de la fixité des yeux de Jerry. C'était un regard clair et un peu mort. Ce bleu transparent remuait quelque chose en elle, à des profondeurs si abyssales qu'elle a aussitôt renoncé à y plonger.

« Revenez pour les couleurs ! a-t-elle insisté comme ils s'apprêtaient à claquer la portière du véhicule de location.

– Les couleurs ?

– Cet automne. Quand la forêt s'embrase. Il faut voir les couleurs au moins une fois dans sa vie ! »

2

Dans les mois qui ont suivi, elle s'est sentie prisonnière, au point de regretter de ne pas avoir pris de leçons de conduite plus jeune.

La *bougeotte*, ça ne datait pas d'hier. Michel de Crayencour, son père vénéré, lui avait donné le goût immodéré de l'évasion. Il lui avait appris le nom des constellations. L'avait initiée à la beauté de la Méditerranée et des sites antiques comme la villa Adriana, fruit du fantastique culte voué par l'empereur romain à Antinoüs, son amant trop tôt décédé.

Après la mort de son père – elle n'avait pas trente ans –, il y avait eu les années d'errance en Grèce. Le vagabondage, ç'avait été la seule réponse possible au chagrin. Combien de trains, de bateaux avait-elle pris au cours de ces années-là ? Il lui semblait, en y resongeant, sentir encore le vent chargé d'embruns plaquer ses joues sur les os de son visage.

La sédentarité s'était imposée à elle depuis près de quarante ans, mais elle savait que ça ne lui avait jamais passé. Elle n'ignorait pas combien l'instabilité est loin de la sagesse qu'elle s'attachait à professer désormais. Tout le malheur des hommes ne vient-il pas de leur incapacité à demeurer en repos dans une chambre ? Pourtant, inutile de le nier : ses semelles collées trop longtemps à un même sol recommençaient à brûler d'impatience.

Ce qui l'enrageait, et qui pourtant ne lui avait jamais coûté autrefois, c'était de dépendre des autres pour chacun de ses déplacements. De Jeannie Lunt, sa secrétaire. De Grace qui, elle, s'était toujours trouvée heureuse de cette situation. Elle la tenait par là, comme par les autres nécessités de la vie matérielle, courses, téléphone, contrats et traductions. Tout ce dont Marguerite frémissait en songeant qu'un jour prochain, sa compagne ne serait plus là pour s'en charger à sa place. Mais même la disponibilité de Grace ne pouvait plus la sauver de cet enracinement subi. Elle prenait de moins en moins le volant, souffrant trop de la position assise. Alors, c'était le tête-à-tête forcé à Petite Plaisance. Le cycle mobile des saisons autour d'elle, plantée dans le sol comme un poteau indicateur. La prison.

*

De toute l'année, la seule échappée avait été une escapade à Boston en juillet. Une exposition sur Pompéi que Grace voulait voir à tout prix, malgré les six heures de route. Les objets exposés, elles les avaient vus ensemble à Naples, des décennies plus tôt. Ils avaient survécu à la catastrophe et traversé les siècles, protégés par des couches de lave durcie. Une lampe à huile encore prête à l'emploi. Un peigne en os à peine endommagé. Une bague dont on imaginait qu'elle aurait pu reprendre son éclat au contact d'une peau.

L'illusion d'une éternelle jouvence les avait prises toutes les deux. Pendant deux jours, elles avaient revécu la frénésie de leur jeunesse vadrouilleuse. Dans son agenda, Marguerite avait inscrit trois croix, comme à chaque fois que son bonheur dépassait l'ordre du dicible. Mais à la différence des vestiges pompéiens exposés, elles avaient bien changé, elles. La vieillesse était retombée sur leurs épaules aussi vite qu'elle en était partie. Et Grace était revenue si épuisée qu'il n'avait plus été question du moindre déplacement.

Elles n'étaient pas aussi isolées qu'on aurait pu le croire, pourtant. DeeDee, l'infirmière qui s'occupait plus particulièrement de Madame Marguerite, laissant à Ruth le soin de miss Grace dont elle redoutait la méchante humeur, vivait à cinq cents mètres seulement de Petite Plaisance. Jeannie, la secrétaire qui servait de « chauffeuse » pour les visites de contrôle à l'hôpital de Bar Harbor, passait presque tous les jours.

Il y avait aussi Ramona, la femme de ménage, qu'elles considéraient comme une amie ; Allan, qui venait tous les huit jours leur faire choisir les meilleurs produits de sa pêche. Les voisins, qui ne manquaient jamais une occasion de partager une bolée de cidre ou un cognac.

L'incongruité initiale de ce couple de femmes s'était fondue dans le paysage, frottée par la rudesse des hivers et les réjouissances d'étés trop courts. Les commerçants les appelaient depuis longtemps par leur prénom. Quand Marguerite traversait la rue principale de Northeast Harbor ou se promenait sur la marina, il y avait toujours quelqu'un pour l'arrêter et lui demander des nouvelles de Grace, lui offrir un panier de fruits, une part de gâteau ou des graines à semer. Avec ses anfractuosités granitiques, ses étangs solitaires, son gigantesque parc national d'Acadie et ses maisons à pans de bois peint typiques de la Vieille Angleterre, l'île restait encore, à défaut du havre de paix qu'elle avait été pour elle jadis, un bon port d'attache.

Mais quand on ne peut plus lever l'ancre, se disait-elle dans ses moments de découragement, un port n'est qu'un hangar à épaves.

*

Le miracle est venu d'un coup de fil de Maurice.

Le producteur appelait pour présenter ses excuses.

Marguerite savait que l'émission avait été diffusée au mois de juin en France. Tous ses amis lui en avaient dit pis que pendre. Ce qui en ressortait, c'était une vulgarité sans nom. Clichés en rafale. Music-hall nappé de chantilly. Qu'était-elle allée faire dans cette galère ? On craignait que son image n'en fût ternie.

Un peu lâchement, Maurice a tout mis sur le compte des équipes de tournage lilloises. Marguerite était si heureuse de l'entendre, elle n'a pas mis sa bonne foi en doute. Elle s'est même montrée d'une indulgence inespérée. Quand il lui a dit vouloir revenir avec Jerry tourner une séquence pour une version améliorée du programme en vue d'une prochaine rediffusion, elle s'est empressée, contre toute logique, de donner son accord.

Début novembre, ils ont débarqué tous les deux. Les couleurs étaient passées depuis longtemps. Mais c'est là, elle le sait, que tout a vraiment commencé.

3

Le lendemain de leur arrivée, Jerry filme Marguerite s'entretenant avec Maurice dans le salon de Petite Plaisance. Ensuite, elle lit des extraits d'*Archives du Nord*.

Jerry est subjugué. Cette langue est si belle. Il y perçoit la rumeur des siècles. Un savant dosage de chair et d'abstraction. Il a beau très bien parler français depuis huit ans qu'il vit à Paris, il est loin de tout comprendre. Il n'a jamais rien lu d'elle, malgré les recommandations de Maurice. La culture encyclopédique de cette femme l'impressionne. Son vocabulaire dont tant de mots lui échappent. Son élocution aristocratique et fluide.

Il se sent bien, pourtant, dans cet empilement de livres anciens, de bibelots rares. Tout a été chiné avec goût, le moindre carreau de Delft, la moindre gravure encadrée, la plus modeste coupe de terre ou d'étain. Il s'efforce de ne pas disperser son attention. De cadrer au mieux.

Une fois la caméra coupée, Maurice continue d'interroger Marguerite de manière informelle sur l'état du monde. Jerry reste silencieux. Grace a servi du cidre épicé, de la bière et du pain d'avoine au gingembre.

Marguerite feint de répondre à Maurice, mais c'est Jerry qu'elle observe. Elle l'observe l'air de rien, de préférence quand il l'écoute. Elle l'observe *l'écoutant*. À la dérobée. D'un regard en coin, plus rapide qu'un coup de sonde, et qui la trahirait aux yeux d'un observateur blasé. C'est plus fort qu'elle, elle a besoin de faire mouche. De vérifier qu'elle plaît toujours. Puis, peut-être, de séduire cet auditeur en particulier. Sa jeunesse et sa beauté le méritent bien. Il est encore plus blond que dans son souvenir. Pour un peu, la fixité de ses yeux bleus et inexpressifs lui ferait perdre son sang-froid.

Quel que soit le sujet abordé, ce qu'elle exprime est toujours le fruit d'une expérience authentique, d'une observation attentive. Mais ce qui captive toujours son auditoire, c'est la noble exactitude de ses formulations. On le lui a assez dit, elle parle comme un livre. Elle n'y peut rien mais les phrases sortent toutes seules de sa bouche, sans effort, en une coulée ininterrompue qui respecte toujours les concordances de mode et de temps. Un critique a dit d'elle que l'imparfait du subjonctif lui était un air respirable. Et que dans le creuset de sa parole s'étaient fondues des influences multiples, une théâtralité en sourdine, Sévigné, Hugo, Sarah Bernhardt. Elle aurait dû dire des vers, a renchéri un jour une amie.

Mais ce jeune Américain est-il capable d'apprécier ce miel ancestral venu de l'ancien monde ? Ne risque-t-elle pas de lui apparaître comme une vieille bavarde ?

*

Maurice évoque avec enthousiasme son souvenir du lever du soleil au mont Cadillac.

« Il vous reste à voir son coucher, remarque Marguerite.

– Et si on y allait maintenant ? » suggère Maurice.

Grace proteste, le temps est trop humide. Mais Marguerite exulte. Il n'y a pas une minute à perdre. Ils emportent des couvertures, le matériel photographique pour les prises de vue, et partent tous les trois, laissant Grace maugréer et garder la chienne.

Marguerite a demandé à se tenir devant, à côté de Jerry. Elle a prétexté que les virages, à l'arrière, la rendaient malade. Dès qu'elle peut, elle tourne la tête vers lui. La pureté de son profil, dans la lumière orangée du soir, lui rappelle un camée. En faisant abstraction de ses cheveux trop longs et de son manteau de cuir façon rock star, on pourrait le prendre pour un pâtre ou un joueur de flûte, dans quelque orgie du *Satyricon*. Marguerite rit toute seule en songeant que Grace, dans un sarcasme intentionnellement outrageant, dirait qu'il est *son type d'homme*.

Ils arrivent au sommet du mont Cadillac au moment précis où la nouvelle lune paraît. Marguerite ne peut s'empêcher d'y voir un signe. En cette saison, ils sont seuls au monde. Maurice la fait poser à contre-jour sur l'esplanade granitique incendiée. Sous la caméra de Jerry, elle lit de nouveau quelques lignes d'*Archives du Nord*.

D'un coup, elle sent le froid lui tomber sur les épaules. Elle aurait besoin de se coucher. Dans la voiture, elle a incliné le siège. Jerry a superposé toutes les couvertures sur elle, mais rien n'y fait, elle grelotte. À l'arrivée à Petite Plaisance, elle est obligée de monter se mettre au lit. Grace prend sa température. Marguerite a un peu de fièvre et l'oreille douloureuse.

Ne faudrait-il pas appeler DeeDee ? geint-elle. Grace est furieuse. Marguerite a encore trouvé le moyen de faire son intéressante. Mais ce n'est pas elle qui est la plus malade des deux ! Et les symptômes de Marguerite sont surtout l'effet de son excitation et de son égocentrisme.

Du rez-de-chaussée où ils sont restés, Maurice et Jerry, ahuris, ne manquent rien de la scène.

Se rappelant brusquement leur présence, Grace descend et les renvoie à leur hôtel.

*

Au réveil, la température et le mal à l'oreille ont disparu. En pleine possession d'elle-même, Marguerite fait comme tous les jours un tour de jardin, couverte de sa houppelande noire. Les frimas ne vont pas tarder à empêcher ces rondes qu'elle aime tant. Une calotte de neige et de glace les immobilisera pour des mois entre les murs de la maison. Le tête-à-tête avec Grace la suffoque par avance. Elle demande instamment à cette dernière d'appeler *les garçons* – c'est ainsi qu'elle les appelle – pour leur proposer de venir déjeuner avant leur départ.

Le repas est joyeux. Grace n'apprécie pas beaucoup Maurice, trop volubile à son goût. Mais elle a de nouveau discuté avec Jerry et semble goûter la compagnie de ce compatriote timide. Il lui a parlé de son Arkansas natal et de sa passion pour le gospel et le blues. Elle lui a raconté que c'est elle qui a fait découvrir les negro spirituals à Marguerite, qui s'en est éprise au point d'en traduire des dizaines à ses heures perdues.

Au cours du déjeuner, Grace relance Jerry sur le sujet. Il raconte qu'il s'apprête à monter à Paris un spectacle de music-hall autour des « caravanes du gospel », qui ont contribué à faire sortir le chant noir des églises pour les faire connaître au plus grand nombre. Marguerite est tout ouïe.

« Jerry a écrit le spectacle et je le produis, intervient Maurice, soucieux de ne pas se faire voler la vedette. Nous avons une quinzaine de chanteurs noirs fantastiques. Vous connaissez la grande Marion Williams ? Elle nous fait l'honneur d'être notre tête d'affiche ! »

Maurice a débauché son amie Sabine Mignot, décoratrice à la télévision. Le premier acte doit représenter une église évangélique d'avant-guerre, avec bancs, orgue, tenues du dimanche. Le second, un théâtre où se produit, dans les années 50, l'un des premiers spectacles afro-américains destinés à un public blanc. L'idée de la mise en abyme est de Jerry. Les spectateurs doivent sentir qu'ils participent eux aussi à la déghettoïsation de la musique noire.

« Quand auront lieu les représentations ? demande avidement Marguerite.

– Février, répond Maurice. Oh, si vous pouviez venir ! Quel honneur pour nous !

– Impossible, intervient Grace. Mon médecin m'interdit de prendre l'avion. »

Marguerite regarde sa compagne d'un air de protestation. Dans son dépit, elle a gardé la bouche ouverte, comme une enfant privée d'une réjouissance sur laquelle elle comptait.

« Ne vous inquiétez pas, reprend Maurice. Nous

aurons peut-être une captation pour la télévision, si je parviens à intéresser la direction des programmes.

– Nous serions ravies de regarder ça, dit Grace. En tout cas, soyez sûrs que nous vous ferons de la publicité auprès de nos amis. On va vous envoyer du monde ! »

*

Après leur départ, une dispute éclate. Marguerite reproche à Grace de prendre des décisions pour elle. Grace lui reproche son égoïsme. Est-ce qu'elle n'était pas déjà prête à l'abandonner ici à son sort pour se pavaner au bout du monde en compagnie de jouvenceaux ? Car elle a bien remarqué son manège avec Jerry Wilson.

« Est-ce que vous vous rendez compte qu'il n'a pas trente ans ?

– Vous vous imaginez que j'ai des vues sur ce poupon ? C'est grotesque. »

Depuis dix ans que la maladie de Grace a repris son cours inexorable, leur relation a viré au cauchemar. Comme par hasard, sa rechute a coïncidé avec l'exposition médiatique de plus en plus grande de Marguerite. Et la seule échappatoire que la vie lui accorde est vue par sa compagne comme une abjecte trahison.

Il y a des accalmies, heureusement.

En ce qui concerne *les garçons*, elles sont au fond d'accord. Jerry est plus intéressant que Maurice. Marguerite regrette de ne pas l'avoir questionné davantage sur son parcours. Grace a pris le temps de se renseigner, elle.

« Vous lui avez fait subir un interrogatoire ?

– Une enquête de personnalité, disons.

– Vous comptez l'embaucher ?

– Plaignez-vous que je me préoccupe de l'avenir. En connaissez-vous beaucoup, des personnes capables de veiller à vos intérêts sur deux continents ? »

Marguerite sait que Grace n'est qu'à moitié sérieuse. Sa compagne aime trop la vie pour se projeter dans l'après. Elle n'évoque sa disparition que pour exercer un chantage sur elle. Mais la curiosité de Marguerite est trop forte. Elle a besoin de racler toutes les bribes d'information au sujet de celui qu'elle appelle par plaisanterie son *blond ténébreux*.

Son véritable prénom, raconte Grace, c'est Robert Gerald. Mais tout le monde l'appelle Jerry. Il n'a pas trente ans et est originaire de Dumas, Arkansas. Ses parents ont hérité d'une de ces immenses plantations de coton qui font les paysages sudistes immémoriaux, du Missouri à la Louisiane. Quatre mille hectares. Ils vivent dans une grande ferme sans charme, loin des fastueuses maisons à colonnades d'*Autant en emporte le vent*. À deux pas du domicile familial, les ramasseurs de coton s'entassent dans des cabanes branlantes, sans eau courante ni électricité.

« Ça l'a toujours rendu malade, l'exploitation des Noirs par les Blancs. Il détestait son grand-père, qui gérait l'exploitation familiale. Une brute, de l'espèce de ces vieux colons sudistes au racisme assumé. Il s'est construit *contre*. »

Son enfance, Jerry l'a passée autant qu'il l'a pu avec les enfants noirs des environs. Il partageait avec eux parties de pêche et de billes, soupes de poisson et messes du dimanche à l'église évangélique. Dès qu'il a eu vingt ans, il est parti en France. Il a appris le français en traînant dans les bars. Les petits boulots se sont enchaînés. Sportif, il a même été moniteur de tennis au Club Med. Une blessure à la jambe l'a obligé à s'éloigner des courts pour quelque temps. Et puis il a rencontré Maurice, chez qui il vit depuis un an.

Maurice lui a permis de prendre davantage confiance en lui. De développer sa passion pour la photographie. Et pour la musique noire.

« D'où *Gospel Caravan*, conclut Marguerite d'un air enjoué. Reconnaissez que ce serait merveilleux de pouvoir assister à ce spectacle. »

Grace fait disparaître ses lèvres à force de les serrer.

Marguerite sait ce que cela veut dire : inutile d'insister.

4

Elles l'ignorent, mais ce Noël est le dernier qu'elles passeront ensemble. Cette année, Grace n'a pas la force de décorer les arbres du jardin avec des boules de verre pour qu'elles accrochent le soleil d'hiver et le réfléchissent dans la maison. C'est Marguerite qui s'occupe des guirlandes de résineux, prépare le pain d'épice et le lait de poule à la cannelle.

Le 25 décembre, elles acceptent une invitation chez un couple de voisins. La flambée réconforte les deux femmes, leur donne l'illusion d'une continuité avec les années écoulées.

Physiquement, Grace est ravagée. Ses tricots informes ne dissimulent plus sa maigreur que dans les périodes où les traitements la font gonfler. La peau jaune est tirée sur le visage osseux, au menton pointu, aux lèvres sèches. Les cheveux gris n'ont repoussé qu'à fleur de crâne. La vitalité s'est réfugiée dans le regard et les flèches venimeuses qu'elle lance à tout instant. Elle ne se plaint jamais du cancer qui la ronge, à la différence de Marguerite qui s'apitoie sur elle-même à la moindre crise d'asthme ou au plus petit écart de température. Mais l'idée que Marguerite, sa cadette de six mois seulement, pourrait lui survivre est insupportable à Grace. Marguerite n'a-t-elle pas eu le culot ridicule de la présenter à un journaliste comme « une femme plus âgée qu'elle » ?

Dans un sursaut de rage de vivre, Grace a accepté de suivre un protocole expérimental à l'hôpital de Buffalo. Rien ne lui fait peur hormis le renoncement.

Aux premiers jours de l'année, elle prend sa voiture. Il lui faut descendre le long de la côte est jusque dans le Massachusetts puis traverser tout l'État de New York d'est en ouest : douze heures de routes enneigées ou verglacées.

Grace passe son dernier anniversaire seule à l'hôpital de Buffalo. Elle revient au bout de quinze jours, exsangue, la peau brûlée par les radiations.

DeeDee, qui réserve ses soins à Marguerite depuis le jour où Grace a accusé son mari médecin de charlatanisme, est obligée de ravaler son ressentiment et de prendre le relais de Ruth, dépassée par l'état catastrophique de sa patiente. Dès ce moment, Grace passe le plus clair de son temps alitée, en proie aux fièvres et aux vomissements.

Pourtant, elle refuse l'irrémédiable. Elle interdit l'entrée de sa chambre à Marguerite quand on change ses pansements. Elle est debout et habillée dès que des étrangers sont dans la maison, hôtesse aux dents serrées mais irréprochable. Objectivement mourante, mais increvable. Comme si la colère et le déni seuls la maintenaient en vie.

*

Cet hiver est atroce. Le ciel oscille entre ardoise et anthracite. Le froid est tel que l'océan pourtant congelé fume au contact de l'atmosphère. Emmitouflée dans sa houppelande noire, chaussée d'informes caoutchoucs, Marguerite s'efforce de sortir. Redoutant de glisser, elle tâtonne entre les congères. Depuis la rive, à travers un écran de brume, elle observe le cœur lourd la dérive fantomatique des icebergs. Elle rentre se calfeutrer.

Elle a fait téléphoner à Jerry pour lui souhaiter bonne chance lors de la première de *Gospel Caravan*. Grace a tenu promesse et écrit à quelques amis pour vanter les mérites du projet. Maurice a envoyé un article élogieux paru dans *Le Monde*. Marguerite essaie d'imaginer le spectacle d'après les éléments descriptifs qu'il contient. Elle a l'impression d'oublier le visage de Jerry. De passer à côté de quelque chose de très important, qui se joue à quelques milliers de kilomètres. Elle espère qu'il lui rendra visite aux beaux jours. Ils l'ont dit, leur agenda est très chargé ces prochains mois. Il faudra faire preuve de patience. Mais à son âge, peut-elle se le permettre encore ? N'est-ce pas *maintenant* qu'il faut vivre ?

⋆

« Si tu ne peux arpenter le monde, laisse-le venir à toi. » Longtemps, elle a fait sienne cette devise anonyme. Durant les interminables hivers de la côte est, le monde en question ne pouvait guère être que celui des livres. Relire Proust ou Montaigne. Se mettre au japonais, à défaut de pouvoir visiter ce pays qui la fascine. S'exercer à la traduction aussi, pour être au contact de systèmes de pensée autres, éprouver à cette pierre de touche l'universalité de notre condition, autant que les irréductibles singularités de chaque culture. Elle le sait :

le sentiment de l'histoire, de la géographie, l'expérience de la profondeur et de la complexité de l'âme humaine peuvent traverser un corps immobile.

Mais depuis quelque temps, ça ne suffit plus. Les lettres de son neveu Georges, de Claude Gallimard, de Jean d'Ormesson qui s'agite pour sa future élection ne parviennent à la divertir. Marguerite a désespérément besoin d'entendre et de parler sa langue maternelle. De voir ses interlocuteurs, aussi. Même le téléphone, d'ailleurs filtré par son inflexible gardienne, a perdu de son charme.

Surtout, elle aspire à un certain degré d'élévation intellectuelle. Les conversations météorologiques avec les dames de Northeast Harbor n'effleurent que la surface de l'être. Sa compagne ne paraît plus éblouie comme autrefois par sa culture ni son esprit. Elle se désintéresse des ouvrages en cours, n'étant plus en capacité de les traduire. Alors Marguerite force Grace à ouvrir la porte aux étrangers du Vieux Continent. Journalistes. Voyageurs. Doctorants qui voudraient travailler sur son œuvre. Auteurs en herbe qui viennent, avec une naïveté souvent irritante, lui demander comment devenir un grand écrivain.

En février, elle reçoit le critique Matthieu Galey. Voilà dix ans que ce dernier l'interroge en vue d'un important livre d'entretiens. Il a contribué à la faire connaître des téléspectateurs français en la filmant, le premier, en train de pétrir son pain à Petite Plaisance.

L'homme est brillant, érudit, très introduit dans le milieu littéraire. Elle s'entend bien avec lui, même si c'est un paradoxe vivant – misanthrope et mondain, dandy raffiné et vulgaire commère, homosexuel subversif et fils à papa droitier.

Grace, en revanche, ne peut pas le souffrir. Marguerite devine que Galey le lui rend bien. Alors elle et lui s'amusent à la faire enrager. Quand Grace les interrompt au prétexte que *Madame est fatiguée*, le fringant quadra lance à Marguerite une œillade perfide en retroussant un coin de sa moustache. Elle rit d'un rire muet. Une fois, il ose même traiter Grace de Cerbère. Soulagée de pouvoir vider son sac, Marguerite surveille moins ses confidences. Lui boit du petit-lait, persuadé de tenir déjà le best-seller qui accompagnera l'élection promise de la future académicienne.

Mais le critique du *Masque et la Plume* n'a aucun sens des limites. Il la cuisine sur son rapport à l'amour, la sexualité, la politique, le féminisme. Fait durer impitoyablement ses interrogatoires. Rouvre l'éternel et malhonnête procès en antisémitisme larvé. Avec application, patience, probité, elle clarifie ses positions, répond à toutes les attaques.

Un jour, après une séance particulièrement longue, elle est au bord du malaise cardiaque. Il faut la faire admettre en urgence à l'hôpital de Bar Harbor. En son absence, Grace se débarrasse de Galey. Enragé de n'avoir pu exprimer la dernière goutte d'élixir de la magicienne de Petite Plaisance, il se promet de revenir.

*

Un jeune Italien vient occuper la place encore chaude.

Il s'appelle Paolo Zacchera. Originaire des îles Borromées, ce pépiniériste lettré a écrit à Marguerite son désir de lui rendre visite. Elle a eu beau tenter de le dissuader en invoquant ses soucis de santé, il a vu un encouragement dans le seul fait qu'elle lui réponde. Ne lui a-t-elle pas laissé son numéro ?

Quand il ne cultive pas des fleurs sur les bords du lac Majeur, Paolo arpente les routes du Nouveau Monde, avec pour seuls compagnons de route *L'Odyssée* et *Mémoires d'Hadrien*. Il n'en faut pas beaucoup plus pour flatter l'orgueil et piquer l'intérêt de Marguerite. Pressentant que l'audace et la jeunesse peuvent payer, Paolo prend un autobus depuis Boston. Il est obligé de terminer en stop la route jusqu'à Northeast Harbor. Le village est désert en cette saison. Paolo prend une chambre dans l'unique motel et compose le numéro de Petite Plaisance. Grace manque de lui raccrocher au nez. Finalement, sa spontanéité et son bagout lui valent la grâce d'une audience de trente minutes. Sachant qu'il ne peut arriver les mains vides, Paolo fait porter par le propriétaire du magasin d'alimentation une corbeille de pommes et d'oranges.

Le lendemain matin à l'heure convenue, il se présente. L'accueil de Grace est aussi glacial que la maison. Par souci d'économie, Marguerite laisse le poêle éteint aussi longtemps qu'elle peut le supporter. Paolo est surpris de la trouver si peu apprêtée, les cheveux en bataille, accoutrée d'une superposition de pulls gris.

Pour Marguerite, la visite de cet admirateur est un rayon de soleil. Le garçon est beau, charmant, un peu chien fou. Sur le mode du contraste mais aussi de la complémentarité, il lui rappelle Jerry. Aussi brun que l'autre est blond, il partage avec lui la jeunesse et la grâce. Dans ses gestes, il y a la théâtralité d'un Arlequin, dans ses yeux, la flamme d'un Fabrice del Dongo.

Marguerite l'interroge sur ses goûts littéraires, les raisons de ses voyages, le type de plantes qu'il cultive. Paolo se livre sans retenue. Il raconte sa rupture avec sa petite amie, à l'origine de son errance de Minneapolis à Boston. Parle de sa passion pour les bêtes et la vie au grand air. Il décrit sa petite maison à Pallanza, sur les pentes du Monterosso. De ses fenêtres, on aperçoit les rives bleutées du lac Majeur.

« Vous me faites rêver ! soupire Marguerite, perdue dans un songe romanesque.

– Venez ! Je vous invite quand vous voulez. »

Grace, descendue de sa chambre, sonne la fin de la récréation. Les trente minutes sont écoulées, *Madame* doit impérativement se reposer.

Paolo demande s'il peut photographier Marguerite avant de partir. Puis il lui présente son exemplaire de *Mémoires d'Hadrien* pour qu'elle le lui dédicace. Grace revient à la charge, furieuse. Mais le bel Italien a plus d'un tour dans son sac. Il prend Grace par la flatterie et lui dit qu'il veut sa signature à elle aussi. Après tout, c'est elle la traductrice ! Grace s'exécute en rechignant. L'encombrant visiteur demande alors à photographier la table où Madame pétrit son pain elle-même, la cuisine avec sa batterie de casseroles en cuivre, le parloir avec la magnifique gravure de Piranèse représentant la canopée en ruines de la villa d'Hadrien.

« Êtes-vous un reporter déguisé ou un fétichiste ? » demande Grace, acerbe.

Marguerite rit. L'appareil photo, de nouveau, fait remonter le souvenir de Jerry.

5

Les beaux jours reviennent. Les visiteurs aussi.

Quelqu'un doit payer pour les autres. Sous prétexte que sa visite a dépassé le temps imparti et que ses questions ont déplu à *Madame*, Grace chasse le journaliste Jean-Paul Kauffmann de Petite Plaisance. Les choses se passent plus cordialement avec Jacques Chancel, venu pour une série d'émissions radiophoniques. L'homme a du tact. Il sait s'adresser à Grace de façon à ne pas la brusquer. Il avoue même à Marguerite être touché par le dévouement dont l'Américaine à bout de forces fait preuve envers la femme de sa vie.

Avec le redoux, les rapports des deux compagnes connaissent une embellie. Pour la dernière fois, elles assistent ensemble à l'éclosion miraculeuse des fleurs. Fêtent les soixante-seize ans de Marguerite sous les arbres fruitiers, autour d'un superbe fraisier.

Sur la terrasse, pendant les longues après-midis d'été, Marguerite travaille à *Un homme obscur*. Voici des années qu'elle souhaite remanier ce manuscrit de jeunesse.

Nathanaël, le protagoniste, est un antihéros du XVIIe siècle. Un garçon sans histoire, écartelé entre l'Ancien et le Nouveau Monde. Cet être perméable à l'impermanence des choses, cet humble artisan éloigné des cercles du pouvoir, de la science et de l'argent, c'est son ami, son frère. Avec lui comme avec tous ses personnages, elle entretient une relation au long cours. Elle l'écoute. Lui parle. Elle rêve ses rêves et désire ses désirs.

Depuis quelque temps, elle le voit mieux. Sa beauté et sa fragilité l'attendrissent. Il souffre d'une fluxion de poitrine. Il boite, après une blessure mal guérie à la cuisse. Elle distingue ses mèches d'un blond presque blanc, et derrière elles ses yeux délavés. Oui, c'est évident. C'est sous les traits de Jerry que Nathanaël lui apparaît désormais.

Un soir d'août, comme s'il répondait à son appel secret, ce dernier lui passe un coup de fil. Elle est bouleversée, car d'habitude c'est Maurice qui téléphone. Jerry est laconique. Il se contente de dire qu'il aimerait lui rendre visite à la mi-septembre. Seul.

Marguerite exulte. Mais Grace lui rappelle son engagement avec Bernard Pivot, qui doit justement venir tourner à cette époque un numéro spécial d'*Apostrophes*. Un compromis est trouvé. Jerry viendra la troisième semaine de septembre, juste après le tournage de l'émission. Il ne pourra rester que quarante-huit heures, car il est attendu par ses parents en Arkansas. Mais si Madame n'est pas trop épuisée, il tâchera de s'arrêter de nouveau à Petite Plaisance sur le chemin du retour. Une joie calme et triomphale descend sur Marguerite.

*

Rapidement, la panique succède à la sérénité.

Deux jours. Qu'est-ce au regard d'une saison ? D'une éternité à sentir le vide de son cœur et l'inertie de sa chair ? Elle ne sait pas au juste ce qu'elle attend de ces retrouvailles. Elle est désormais incapable de se rappeler exactement le visage de Jerry, de le recomposer plutôt, à partir des détails fragmentaires stockés dans sa mémoire.

Elle se regarde dans la glace. Comme elle regrette de s'être laissée aller cet hiver ! Elle se trouve énorme. Difforme. Et puis elle songe avec horreur qu'il a trente ans, et elle plus de soixante-quinze.

Impitoyable, elle écrit dans son carnet : *Rien n'est certes plus odieux à mes yeux qu'un vieillard (ou une vieillarde) amoureux ou libidineux, ou même excessivement préoccupé de ces sujets, sans désormais passer aux actes. Rien ne me révulse autant que le mélange d'une chair vieillie et d'une chair jeune.*

⋆

Dès qu'elle l'aperçoit dans l'encadrement de la porte, avec son manteau de cuir et ses cheveux de blé mûr, les doutes disparaissent. Le visage de Jerry prend exactement les traits qui devaient être les siens. Tout est à sa place, à l'exception de ce petit grenat à l'oreille droite, qu'elle n'avait pas remarqué. Ce nez droit aux narines légèrement épatées. Ces lèvres ourlées sur les dents à l'alignement parfait. Cette pupille en trou d'épingle sur l'immense iris bleu. Merveilleuse unicité de tout visage. Bouleversante unicité d'un visage aimé. À son contact, elle retrouve comme par magie sa vitalité, sa confiance aussi dans ses pouvoirs de séduction. En l'espace d'une seconde, elle a rajeuni de cinquante ans.

Le lendemain, ils se promènent dans les Rockefeller Gardens, somptueux parc d'inspiration orientale où elle aime venir méditer. Grace, qui s'est fait violence pour assister au dîner de la veille, est restée couchée. Comme deux amoureux, Jerry et Marguerite déambulent parmi les massifs de fleurs trempés d'eau. Les hortensias grimpants ont commencé à passer, mais la luxuriance du domaine est intacte. Des contre-allées s'exhale cette odeur troublante des jardins à la mi-saison, ce mélange un peu déplaisant de terre humide, de sueur et de sperme. En silence, ils se montrent des lanternes japonaises dispersées dans les herbes hautes. Ils se recueillent devant la superbe statue dorée de Bouddha qui leur a fait signe, depuis un œil-de-bœuf creusé dans le mur crépi d'ocre qui sépare deux aires du parc.

« J'aimerais tant aller au Japon, soupire Marguerite.

– Qu'est-ce qui vous en empêche ?

– Vous voyez bien dans quel état se trouve Grace. Puis-je l'abandonner ? »

Il ne répond pas. Puis, d'une voix mal assurée :

« Qu'allez-vous faire après ? »

Après. Le gros mot a été lâché.

« Après quoi ?

– Vous savez bien. Quand Grace ne sera plus là. »

Marguerite est choquée par la crudité de la formulation. Elle est incapable de se le représenter, cet *après*. Grace est mourante, elle sait qu'il n'y a plus le moindre espoir d'une rémission, même éphémère. Mais cette agonie dure depuis si longtemps, comment s'imaginer que la mort vienne y mettre un terme ? Comment se représenter sa vie à elle *sans Grace* ?

Serait-elle seulement capable de faire un pas dehors sans appeler au secours ?

« La vie est brève, reprend doucement Jerry. Qu'aimeriez-vous faire, si vous en aviez la possibilité ? Repartir sur les routes ? »

Il lui épargne la honte d'un aveu. Elle a honte tout de même. Est-ce qu'il lit en elle à livre ouvert ? Brusquement, il se raconte. Dans un français simple mais exact, et avec cet accent traînant du sud des États-Unis qui lui rappelle étrangement la jeune Grace.

« Moi, je suis un pigeon voyageur. J'ai passé ma jeunesse à fuir. Fuir la maison de mes parents. Fuir l'Arkansas. Fuir l'Amérique. Toujours fuir ! Je me sentais libre quand je suis arrivé en France. La Côte d'Azur. La Normandie. Les clubs de jazz à Paris. Tout était si joli. Je croyais avoir trouvé un port d'attache. Maintenant j'étouffe. Les rues sont si étroites, les appartements si sombres. Même les plages naturistes sont bondées. J'ai l'impression de toujours voir les mêmes visages, dans les restaurants, les cafés. Et puis j'ai toujours l'impression qu'un autre lieu m'attend. Quel lieu, je ne sais pas. Je rêve d'océans pour m'exercer au surf. De déserts. D'îles comme celle-ci, coupées du monde. Et aussi de villes gigantesques, comme on ne les connaît pas en Europe. Los Angeles. Bombay. Tokyo. C'est très excitant, je trouve. »

Ces simples noms égrenés éveillent en elle une rêverie proustienne. Couleurs vibrantes et plus intenses. Foules bigarrées et temples d'or. Horizons infinis et gratte-ciel délirants.

« Vous savez, reprend-il, quand on est un peu organisé,

c'est très simple de voyager. Il y a des aéroports partout. Il suffit de demander ce qu'il y a au menu.

– Je n'ai jamais pris l'avion, mon cher Jerry, avoue-t-elle avec un sourire de petite fille.

– Comment est-ce possible, ça ?

– J'ai toujours eu une peur bleue de ces sortes de cercueils volants. Je préfère le bateau.

– Avec moi vous n'avez pas à avoir peur de quoi que ce soit. Et puis, il y a un début à tout. »

*

Le soir, au cours du dîner, Jerry et Grace évoquent leur passion commune pour les pionniers du blues et du rock. Jerry dit qu'il aimerait faire enregistrer à Marion Williams, la vedette de *Gospel Caravan*, un album de reprises de la grande Rosetta Tharpe. Il a rencontré un producteur érudit et passionné qui a déjà travaillé avec Marion et souhaiterait faire partie de l'aventure. L'idée serait d'accompagner le disque de photos des travailleurs des champs de coton du Mississippi et de l'Arkansas. Il s'agirait, en confrontant des clichés récents à d'autres remontant aux années 30 ou 40, de montrer la persistance révoltante de la misère et des conditions de travail des Noirs dans la région. Et aussi, bien sûr, l'importance consolatrice de la religion pour ces communautés. La simplicité et la beauté des églises évangéliques en bois peint. Le rôle des fêtes, des chants, des formations instrumentales, des pasteurs charismatiques, dans la transmission et la revivification d'une mémoire commune.

« Je ne comprends pas, quelle forme le projet prendrait-il ? Une exposition ? Un livre ?

– Si ça dépendait de moi, les deux. On verra quand j'aurai suffisamment de photos. »

Jerry compte sur son séjour dans la ferme parentale pour réaliser ses premiers portraits. Au printemps prochain, s'il parvient à trouver l'argent, il compte naviguer sur la mer des Caraïbes, refaire à l'envers le voyage qui a conduit les esclaves arrachés au continent africain jusqu'à ces maudites plantations. Mieux connaître aussi les pratiques vaudoues et les musiques caribéennes, leurs racines communes avec la culture sudiste.

Sous le feu de la passion, le teint du jeune homme se colore. Ses yeux prennent un éclat singulier, sa voix ordinairement sourde devient plus vibrante. Grace bat des mains. Marguerite, dont les connaissances autres que livresques sur ces sujets restent limitées, déborde d'enthousiasme. La mer des Caraïbes au printemps. L'idée l'enchante.

*

Grace est couchée depuis longtemps. Autour d'une tisane d'orties, Marguerite et Jerry continuent à parler.

« Vous savez, j'étais sérieux, tout à l'heure. Je pourrais devenir votre secrétaire.

– J'ai déjà une secrétaire, Jerry. Mrs Lunt, que vous avez croisée tout à l'heure.

– Est-elle aussi libre de voyager que moi ? »

Marguerite songe que Jeannie est mariée, peu disposée sans doute à quitter longtemps l'île des Monts-Déserts.

« Vous pourriez peut-être jouer le rôle d'accompagnateur. Si je me décide à voyager un jour. Ce qui, étant donné les circonstances, est bien loin d'être le cas. »

Jerry baisse la tête, boudeur.

« Mais dites-moi, reprend-elle après un moment de réflexion. Et Maurice ? »

Elle se rend compte qu'il lui en a coûté de prononcer ce prénom.

« Oh, vous savez, nous sommes toujours sur les routes, lui et moi. »

Il a relevé la tête et cette fois il la regarde fixement, presque effrontément, comme pour lui faire baisser les yeux.

« Pour ne rien vous cacher, nous sommes un couple très libre. »

*

Avant de partir, Jerry lui a laissé une photo de lui.

Debout et de trois quarts, la main gauche sur la hanche, l'autre en appui sur une balustrade, son éternel manteau de cuir ouvert sur un T-shirt immaculé, il a l'allure d'un Rimbaud moderne. Cette fois, elle peut contempler son visage à loisir. Le nez grec, aux narines légèrement épatées. La bouche bien dessinée, figée au bord d'un sourire qui ne se décidera pas à éclore. La barre des sourcils surmontant le regard volontaire mais inquiet, fixé sur quelque inaccessible horizon. Quelque chose échappe à Marguerite. Vient fouailler de nouveau d'insondables profondeurs. Elle ne peut s'empêcher de montrer à Grace la photo de celui qu'elle nomme « notre Jerry », dans l'espoir inconscient de l'amadouer.

« Eh bien vous avez fini par le retrouver, siffle Grace.

– Qui donc ?

– Comment, qui donc ? Votre cavalier polonais ! »

Marguerite reçoit le coup dans le plexus. La révélation de ce qu'elle savait depuis le début, au fond, et refoulait comme une évidence. Évidence si cuisante, si honteuse, si insupportable que la voilà terrassée, prise de crampes gastriques, obligée de s'aliter à son tour.

Oui, sur cette photo, c'est à s'y méprendre. Jerry ressemble au *Cavalier polonais* de Rembrandt. Et cette ressemblance en établit une seconde, impossible à nier, plus douloureuse et plus vertigineuse encore. Jerry, n'est-ce pas André, *son André*, revenu du fond des âges pour rouvrir en elle la béance de la passion ?

6

1932. Marguerite a vingt-neuf ans. Elle vient d'envoyer à Bernard Grasset une étude biographique sur le poète grec Pindare. Un conseiller littéraire de l'éditeur a sauvé le manuscrit de la corbeille et la convoque. Elle pense avoir intéressé quelque érudit de l'âge de son père ; elle se retrouve face à un homme de deux ans plus jeune qu'elle, beau et blond comme un jour d'été. Il s'appelle André Fraigneau. Il est homosexuel, misogyne, antisémite et fasciné par l'uniforme. Pendant plusieurs années, il va devenir son unique et cruel tourment.

Fraigneau a lu *Alexis ou le traité du vain combat*, le premier roman de Marguerite publié trois ans plus tôt. Cette confession du personnage éponyme à son épouse qu'il quitte parce qu'il préfère les hommes l'a bouleversé. Il le lui dit. Qu'une femme aussi jeune ait pu aborder un sujet aussi audacieux dans un style aussi maîtrisé force son admiration. Une seule explication possible à ses yeux : elle est lesbienne et transpose ses propres difficultés dans un personnage masculin. Elle s'offusque d'une explication aussi réductrice. Elle a certes désiré des femmes d'aussi loin qu'elle s'en souvienne mais elle se méfie des étiquettes, spécifiquement dans le domaine de l'amour. Il hausse les sourcils.

Dans l'intervalle qui sépare cette rencontre et la publication du livre sur Pindare qu'il a soutenue sans faille, une relation d'amitié se noue. Les deux jeunes gens ont en commun le goût de l'Antiquité, de la peinture renaissante et de la langue française la plus châtiée. Mais Marguerite espère davantage et le lui fait comprendre. Il lui répond sans ambages que quand bien même il aimerait les femmes, elle ne serait pas son genre. Elle veut lui prouver qu'il se trompe et insiste. Il la rejette brutalement et l'engrenage passionnel commence.

Elle lui téléphone. Lui écrit sans cesse, en tentant d'adopter le ton de camaraderie virile qu'elle s'imagine lui convenir et qui masque mal le trop grand cas qu'elle fait encore de lui, malgré les rebuffades. Lorsqu'elle réside à Paris, à l'hôtel Wagram, elle fréquente des thés où se retrouvent des jeunes gens des deux sexes en quête de plaisir. Il l'y croise souvent. Elle se jette à son cou. Séduit des femmes devant lui en espérant le rendre jaloux. S'enivre de cognac.

Lui la trouve exaspérante et laide, avec ses joues larges et sa coupe à la garçonne. Espère-t-elle lui plaire en adoptant le style troupier ? Il a horreur des *gousses* et n'aime, pour les admirer de loin, en pur esthète, que les femmes longilignes et superlativement féminines, les stars du cinéma et les modèles de grands couturiers. Il le lui dit. Va jusqu'à lui secouer le bras dans un mouvement de dégoût nerveux. Mais plus il la rejette, plus elle s'acharne. André devient la quintessence de l'inaccessible. Obtenir de lui des faveurs, ce serait être adoubée, reconnue pour toujours à sa juste valeur, élue par les dieux de l'Olympe.

Car c'est un dieu. Il en a la beauté azuréenne et la cruauté capricieuse.

Elle aime ses joues glabres, son élégance de dandy, son profil de médaille et son rictus méprisant. Il lui rappelle une tête de jeune homme détachée de la frise du Parthénon qu'elle a vue au Louvre, adolescente, et qui l'a tant émue qu'elle a voulu l'embrasser. Elle avait acheté la carte postale de cette tête aux yeux vides et tombants, à la moue dédaigneuse sous le nez droit, presque trop long. André Fraigneau est ce jeune homme qui a traversé les siècles pour venir donner chair à la statuaire antique. Il en a la noblesse. La dureté princière.

Bientôt, elle s'enferme dans le soliloque de la pathologie amoureuse. Un autre André, grec celui-ci, André Embiricos, brillant poète et psychanalyste aussi brun que le premier est blond, aussi porté vers les idéaux communistes que l'autre penche vers l'extrême droite, l'emmène en croisière jusqu'à Istanbul puis Athènes pour lui faire oublier la blessure amoureuse. Sur son voilier, fouettée par les embruns et brûlée de lumière méditerranéenne plus blanche que craie, Marguerite écrit *Feux*. C'est l'œuvre d'une exaltée, d'une suicidaire. Elle tâche d'y transcender la passion en la parant d'atours stylistiques sophistiqués. Elle s'abrite derrière de grandes figures mythiques ou religieuses, Phèdre, Clytemnestre, Marie-Madeleine. Mais ses mots la trahissent. Lorsque *Feux* paraît, ses amis s'inquiètent de trouver ces phrases pleines d'emphase douloureuse sous la plume d'ordinaire si tenue de Marguerite : *Absent, ta figure se dilate au point d'emplir l'univers. Solitude… Je ne crois pas comme ils croient, je ne vis pas comme ils vivent, je n'aime pas comme ils aiment… Je mourrai comme ils meurent.*

Le livre ne la guérit pas. Elle le dédie à Hermès, le messager des dieux, pour qu'il intercède en sa faveur. Personne à part André sans doute ne sait qu'il est lui-même Hermès, celui qui a droit de vie et de mort sur elle. Il ne réagit pas au livre. Sur la page de garde d'un exemplaire, elle dessine, sous un rigide soldat grec, une femme à terre.

*

Marguerite met des années à guérir. Elle a voulu troquer la passion haineuse et frustrée contre une amitié tendre et sensuelle. Dans un mouvement irréfléchi, elle a même donné à André Embiricos ce qu'elle avait de plus précieux au monde et qu'elle aurait, au fond, souhaité offrir à l'autre André : un splendide camée représentant l'empereur Auguste. Son père en a fait faire une bague, offerte pour ses quinze ans. Jamais elle ne l'a retirée depuis. Mais André Embiricos, qui n'a guère à lui offrir qu'un compagnonnage sporadique, se montre plus embarrassé que reconnaissant du précieux cadeau. Et Marguerite s'en mord immédiatement les doigts. Elle a beau se répéter qu'un choc récent a fêlé l'onyx et provoqué une irrémédiable perte de valeur du camée, cette offrande en pure perte est trop symptomatique pour ne pas la torturer.

Elle s'étourdit d'amitiés fortes. S'enivre des couleurs crues de la Grèce. Dans un énième effort de sublimation, elle s'adonne à la traduction des poèmes homo-érotiques de Constantin Cavafy. Une liaison avec une femme mariée, la splendide Lucy Kyriakos, l'apaise narcissiquement. Mais elle a parfois l'impression d'obéir encore à Fraigneau, qui lui avait dans un énième sarcasme reproché de faire fausse route et conseillé d'embarquer définitivement pour Lesbos. Et puis Lucy non plus n'est pas vraiment libre.

*

1937. Sa rencontre avec Grace la sauve pour de bon. Grace la bien nommée. Celle qui, consciente de ce qu'elle représente dans la vie de Marguerite, signe ses lettres *Grâce*. Elles ont tant en commun. L'amour de l'art, de la littérature, des voyages, de la nature et des oiseaux. Mais les coïncidences ne s'arrêtent pas là, et Marguerite ne peut jamais s'empêcher d'y lire des signes prémonitoires, les manifestations d'une secrète continuité dans sa vie.

À New York, en 1937, Grace emmène Marguerite à la Frick Collection.

« Aucun rapport avec moi, s'empresse de préciser la jeune Américaine. Je ne viens pas d'une famille de milliardaires, vous savez. »

Un Rembrandt cloue Marguerite sur place. Sur un fond terre de Sienne – magma de montagnes et de remparts à peine distinct du ciel sombre –, un jeune cavalier se détache. Il enserre sa monture de ses jambes gainées de rouge, le poing droit sur la hanche tenant une sorte de hachette ou de harpon. D'autres armes environnent sa farouche figure, arc et carquois rempli de flèches, sabre incurvé dans son fourreau. Un grand manteau à basques, fermé jusqu'au col par une rangée de boutons de cuivre, s'harmonise avec la robe blanche du cheval. Une toque de velours rouge bordée de fourrure surmonte la chevelure blonde. Le regard, fixé sur un point qui traverse le spectateur, oscille entre présence et absence, défiance et défi. Le nez est droit et les lèvres d'une épaisseur sensuelle.

Que fait-il seul dans ce paysage lugubre ? Vient-il semer la désolation ? Est-il lui-même un fantôme en costume folklorique, une allégorie de la mort en pleine jeunesse ?

Elle se rappelle qu'André Fraigneau lui a parlé de sa passion pour *Le Cavalier polonais*. Ses lourdes paupières et son androgynie lui rappelaient Greta Garbo. Elle trouve plutôt qu'il lui ressemble à lui. En plus doux.

★

Comme de bien entendu, le désir de vengeance succède à l'amour déçu. Et la vengeance, pour un écrivain même pourvu d'une riche imagination, c'est toujours un livre. Dans *Le Coup de grâce*, tragédie amoureuse située dans quelque obscure zone des Balkans, Marguerite met en scène Fraigneau sous les traits d'Éric von Lhomond. Blessé pendant la guerre d'Espagne où il fait le coup de fusil du côté des franquistes, l'officier se remémore un épisode de sa jeunesse, pendant les affrontements entre blancs et rouges à la fin de la Première Guerre mondiale. Éric décrit le triangle qu'il formait alors avec Conrad de Reval, son compagnon d'armes et amant secret, et la sœur de ce dernier, Sophie.

Conrad, c'est la pâle copie d'Éric. Un jumeau tendre, plus blond encore, sans volonté.

Quant à Sophie, c'est elle. La jeune femme aux cheveux courts, éprise d'absolu, qui s'avilit dans le château occupé par les troupes faute d'obtenir les faveurs d'Éric, c'est la Marguerite éperdue de l'hôtel Wagram, grise de cognac et prête à tous les esclandres. En représailles contre Éric, Sophie choisit le camp bolchevique. Arrêtée les armes à la main et condamnée à mort, elle exige de lui qu'il lui tire une balle en plein cœur – qu'il lui délivre le coup de grâce. Entre-temps, Conrad est mort dans une escarmouche. À l'image de l'ami agonisant d'une blessure au ventre se superpose alors dans l'esprit du narrateur celle du *Cavalier polonais*.

La boucle est bouclée.

*

Dans les premiers temps de leur histoire, Marguerite a tout raconté à Grace. Celle-ci, trop heureuse d'incarner le bonheur tangible plutôt qu'un funeste fantôme de passion, l'a écoutée scrupuleusement. Religieusement, presque. Elle a traduit *Le Coup de grâce* en anglais.

Au cours des quatre décennies suivantes, elles n'en ont plus jamais parlé. Grace a toujours su qu'André occupait toujours une place singulière dans le cœur de Marguerite. Elle s'en est accommodée, jugeant que la vie lui avait offert la meilleure part du sacrifice, et que les fumées destinées aux dieux n'étaient guère nourrissantes.

Marguerite n'a jamais revu Fraigneau. Elle sait qu'il a bifurqué définitivement du côté obscur. Qu'en 1941, il a fait partie de la congrégation d'écrivains invités par Goebbels à Weimar, avec Drieu, Brasillach, Chardonne, Jouhandeau, Fernandez et Bonnard. Qu'il a été mis à l'Index à la Libération, avant de devenir l'une des icônes rances de la nouvelle droite littéraire.

Devenu infréquentable, Fraigneau n'a rien fait pour se racheter. Il n'a probablement jamais renié son indécrottable antisémitisme. Pourtant, à l'autre bout du labyrinthe du temps, elle ne parvient pas à le haïr. Elle en a tant vu se fourvoyer, au cours de ce siècle d'épouvante. Pour elle, les choses ont heureusement tourné. Sans jamais se compromettre, en pleine fidélité à soi, elle est devenue une grande figure humaniste, à la proue de combats progressistes contre le nucléaire ou pour la défense des animaux. Mais qui sait ce qu'elle serait devenue si, faute d'argent et seule au monde, elle n'avait pas rejoint Grace en Amérique alors que l'Europe s'enflammait ? Qui sait si la peur de la mort, l'entraînement des fidélités amicales, les préjugés liés à son éducation bourgeoise ne lui auraient pas fait commettre d'irréparables erreurs ?

Aujourd'hui, elle ne sait qu'une chose. Elle l'a aimé, lui, comme elle n'a jamais aimé personne. Et à présent que la compagne d'une vie s'apprête à la quitter, elle n'a qu'un désir, absurde et entêtant : revoir *Le Cavalier polonais*.

7

Et si la mort était contagieuse ?

La nuit, Marguerite se réveille en sursaut, trempée, persuadée qu'elle entend des voix, que c'est elle que la grande Faucheuse vient chercher. Son hypocondrie s'exacerbe. Dans ses carnets, elle note depuis des années la moindre variation de tension, la moindre poussée de température. Mais les manifestations somatiques n'ont jamais été aussi nombreuses. Des crampes à l'estomac la brûlent. Des migraines la terrassent. Suffocante, elle voit des mouches noires danser devant ses yeux. Elle harcèle DeeDee, lui fait téléphoner à toute heure. L'infirmière est d'une patience infinie. Elle la rassure comme elle peut. Que Madame dorme sur ses deux oreilles, *elle* est en pleine forme. Mais la maladie imaginaire est un puits sans fond. Marguerite consulte des spécialistes. Les accuse de mensonge, de manquement au serment d'Hippocrate parce qu'ils ne lui ont trouvé ni glaucome, ni cataracte, ni décollement de rétine.

DeeDee et Jeannie Lunt observent, incrédules, la comédie se répéter : c'est Grace qui se meurt, mais c'est pour Madame qu'on s'inquiète. Le plus fou est que tout en lui reprochant son égocentrisme, Grace elle-même semble croire à ce scénario délirant. Y trouve-t-elle une consolation, un dérivatif à l'angoisse de sa propre extinction ? Dans son agenda, elle note elle aussi, avec une maniaquerie sidérante, les variations de température de Marguerite, la qualité de son sommeil et les troubles de sa digestion.

*

Dans cette atmosphère d'hôpital, Marguerite rêve d'une étreinte. Un entremêlement de souffles, de muqueuses et de sécrétions. Cela seul pourrait la réconforter, réchauffer son enveloppe corporelle et son âme glacées. Mais n'est-ce pas absurde ? Quand bien même Grace serait en état de supporter le moindre attouchement, elles ne font plus l'amour depuis des années.

Elle n'ignore pas que dans la plupart des couples, passé un certain intervalle de temps, il y a quelque chose de forcé dans la vie sexuelle. Les ébats programmés ressemblent à des rendez-vous chez le médecin. Les pudeurs originelles reprennent le dessus, aussi paralysantes que si on devait faire l'amour avec son frère ou sa sœur. Dans leur cas, faire chambre à part a longtemps maintenu la flamme vive. Puis cela a permis de ne plus avoir à faire semblant.

Parfois, dans cet état intermédiaire entre sommeil et veille, Marguerite est traversée de visions. La mémoire des folles nuits d'antan lui revient. Certaine expression de visage de Grace pendant l'orgasme. Certaine crispation de la main, certain cri qu'elle se souvient lui avoir entendu pousser un matin d'été, et qui avait provoqué leur hilarité après coup.

Une nuit, elle n'y tient plus. Ne parvenant pas à se réchauffer, elle se lève et rejoint Grace dans son lit. Les reflets de la neige à travers les volets mettent un peu de clarté dans la chambre et la guident. Elle s'allonge précautionneusement à côté de celle qui lui a tout sacrifié. Dans la pénombre, les rides de Grace sont invisibles. Son profil a gardé sa pureté. Un mince filet d'air sort des lèvres affinées par la soif et la maladie. Grace ressemble à un gisant. Un chevalier médiéval. Marguerite rapproche doucement son pied pour effleurer celui de Grace. Elle le retire aussitôt. Il est encore plus froid que le sien.

Elle s'endort. Elle rêve qu'elle est couchée nue contre un homme. L'intensité de la félicité ressentie la réveille. Elle ne peut s'empêcher de rire de stupeur en se rappelant, scandalisée, que l'amant de son rêve est Henry, un homme de leur connaissance pour lequel elle n'éprouve à l'état de veille rien d'autre que de la sympathie.

Revenue dans sa chambre, elle note ses impressions : *Sans orgasme aucun, un bonheur m'inonde, ce comble délicieux du bonheur sensuel, pareil à rien d'autre.*

⋆

Plus Grace se rapproche de la fin, plus les visions érotiques envahissent Marguerite. L'horreur physique de la maladie semble les exiger, en contrepoint.

Des rêves de jeunesse reviennent, rêves qui, chez elle, sont toujours indissociablement des rêves d'amour et de mort.

Dans l'un, elle parvient à s'échapper d'une forteresse et s'avance au bord d'un ravin. Tout au fond, un soldat gît, allongé sur un entablement de roches, nu à l'exception d'un casque de bronze et d'une sandale suspendue à son pied de statue grecque. Il a le corps couvert de bleus. Elle s'avance, folle de pitié et de désir. Alors elle prend conscience que les meurtrissures du jeune soldat sont des papillons noirs, qui s'envolent en nuage à son approche.

Un autre rêve la projette dans une cathédrale. Une chaisière borgne lui montre des peintures allégoriques représentant sa vie – paysages arides sauvés par une oasis, femme nue environnée de vide. La vieille sorcière lui remet une liasse d'enveloppes. Toutes sont libellées au même nom. Elle sait, de façon mystérieuse, que c'est le nom de l'homme de sa vie. Son *vrai nom*. Pas celui qu'il porte à l'état civil. Cette découverte la submerge de joie. Mais au réveil, il ne lui reste que l'amertume d'avoir oublié ce nom.

⋆

Que peut la volonté contre une condamnation à mort ? Plus son terme approche, plus Grace nie l'inéluctable. DeeDee l'observe, médusée. La force de cette femme est inhumaine. Quand un matin de ce sinistre mois de novembre 1979, Grace déclare d'un air de défi qu'elle est prête à tenter un nouveau protocole, l'infirmière à bout de nerfs programme une visite chez le médecin. Ce dernier prend Marguerite à part tandis que Grace se rhabille derrière le paravent.

« C'est la fin. Il faut vous préparer. »

À Grace, il explique seulement qu'un nouveau traitement ne ferait qu'aggraver son état. Mais elle ne souffrira pas, il le lui promet solennellement.

Sur le chemin du retour, Grace regarde défiler les paysages familiers ensevelis sous la neige. Elle se tient silencieuse, mâchoires serrées, manifestement hors d'elle.

À peine remise au lit, elle convoque DeeDee et Marguerite.

« Eh bien voilà, nous y sommes : je suis à l'agonie.

– Je sais, dit Marguerite.

– Comment, vous savez ?

– Le médecin m'a parlé.

– Depuis tout à l'heure vous savez et vous ne m'avez rien dit ? C'est indigne. »

Elle se met à vitupérer contre sa compagne. Des mots affreux sortent de sa bouche. Marguerite a détourné l'attention des médecins sur elle seule. Elle a tout fait pour que Grace parte la première. Désormais, la voilà délivrée. La grand-route et la gloire l'attendent !

Grace jette ses dernières provisions de bois sec dans le brasier de sa rage. Que tout flambe ! Qu'il ne reste que cendres de leurs quarante années de vie commune ! Marguerite, courbée, laisse passer l'orage. Sous son voile noir, elle ressemble à ces pleureuses de Sicile ou d'Égypte qui portent sur leurs épaules toute la douleur du monde.

DeeDee est obligée d'intervenir. Elle fait observer à Grace qu'elle a toujours fait preuve de courage et de dignité. Qu'elle ne souffre pas plus qu'hier et ne souffrira pas davantage demain, grâce à la morphine. Alors ne peut-elle leur montrer, à toutes les deux, ce dont elle est capable ? Est-ce qu'elle ne se le doit pas à elle-même ?

Instantanément, Grace redevient douce et docile.

Mais cette crise l'a épuisée. Le soir même, il faut la mettre sous oxygène.

Trois jours plus tard, elle tombe dans un semi-coma.

*

« Est-ce fini ? »

Depuis trois jours, Marguerite ne cesse de poser cette question à DeeDee. Elle compte sur l'infirmière pour constater le décès. Pour sa part, elle aurait trop peur de se tromper. De l'enterrer vive, l'un de ses pires cauchemars.

Des images lui reviennent, bribes de films ou de romans. Un miroir à coller contre la bouche. Un pouls à prendre. Une paupière à soulever. Rites immémoriaux et peu ragoûtants.

« Est-ce fini ?

– Non, Madame. Vous savez, elle ne veut pas mourir. Alors elle s'accroche.

– Mais ça peut durer indéfiniment, alors ?

– Pas indéfiniment, non. Il faut qu'elle lâche prise.

– Quand va-t-elle lâcher prise ?

– Quand elle l'aura décidé, Madame. Elle seule peut décider. »

*

Cela fait si longtemps que Marguerite n'a pas été confrontée à la mort. Elle ne compte pas les avis de décès reçus à travers les années, bien sûr. Mais si l'enveloppe au galon noir la fait toujours frissonner, elle voile du moins l'atrocité de la disparition d'une élégance protocolaire. Elle se souvient de sa stupeur effarée en apprenant la mort sous les bombes de Lucy, sa belle maîtresse grecque, devenue infirmière de guerre après son départ pour l'Amérique. C'était un temps d'apocalypse. Sur le Vieux Continent, on semblait mourir plus facilement que vivre. Et l'image de la chair en bouillie – cette chair aimée, pourtant, caressée et chérie – s'était effacée derrière l'écran de l'héroïsme sacrificiel de Lucy.

Quant à Michel, son père bien-aimé… elle se rappelle seulement la fatigue immense, abrutissante, qui avait suivi sa mort. Le sentiment d'irréalité face à la soudaine absence de celui qui lui avait appris l'essentiel de ce qui est nécessaire pour vivre : ne jamais céder au conformisme. Ne jamais faire souffrir une créature vivante. Se contenter de jouir au mieux du monde et de ses propres facultés.

« Si Grace meurt… »

Mais pourquoi « si » ? Grace *va mourir*, d'un jour à l'autre, d'une heure à l'autre, inutile de se voiler la face. Et quand Grace sera morte, ah, ces mots, quand Grace sera morte, est-ce que ça ne sera pas le même désespoir qu'à la mort de Michel, la même furie déchirante à l'idée d'être abandonnée, une fois de plus, par le seul être sur terre à même de la *comprendre* ?

Grace est tout près, à portée de main, mais déjà Marguerite se sent seule dans cette chambre, séparée d'elle pour l'éternité. Elle ne se rend pas compte que depuis trois jours, malgré l'inconscience de Grace, elle est accompagnée par le bruit à peine perceptible de sa respiration. De ses gémissements, aussi, symptômes probables d'une douleur persistante.

Dans l'après-midi, ce 18 novembre, Marguerite va se coucher, épuisée par ces nuits de veille. Depuis hier, les deux femmes n'ont pas quitté le chevet de la malade. Mais DeeDee a fini par gronder Madame : si elle ne prend pas un peu de repos, elle ne pourra jamais rassembler ses forces *le moment venu*. À peine allongée, Marguerite s'enfonce dans les eaux lourdes d'un sommeil sans rêves. Soudain, elle entend la voix de DeeDee.

« Il faut venir, Madame. Elle ne passera pas la nuit. »

Marguerite s'approche doucement de Grace. Elle essaie de lui parler, mais elle a l'impression que sa voix ne peut plus l'atteindre. Alors elle se saisit de la petite boîte à musique qu'elles ont achetée en Suisse, des années auparavant. Elle la fait marcher. Pianissimo, une ariette de Haydn s'en échappe. Marguerite en est persuadée. Un frémissement a parcouru la joue de Grace. Elle a reconnu leur ariette. L'hymne national de leur amour.

La musique s'est arrêtée. Grace est de nouveau parfaitement inerte.

Marguerite se rassoit dans son fauteuil.

Elle songe à des paysages très doux. Des prairies vallonnées aux lointains bleuâtres, dont l'herbe se soulève comme la mer par un vent d'été. Soudain la brise se calme. Elle se redresse. Depuis combien de temps n'entend-elle plus la respiration de Grace ?

« Est-ce fini ?

– Oui, Madame.

– En êtes-vous sûre ? »

Marguerite regarde l'heure. Il est neuf heures du soir, exactement. Elle se lève. S'approche de la fenêtre et l'ouvre.

« On dit qu'il faut aérer tout de suite la chambre d'un mort, dit-elle à l'intention de DeeDee. L'esprit doit pouvoir s'échapper librement. »

La nuit est piquée d'étoiles. L'air glacé colle ses lèvres contre ses dents. Elle prend une profonde inspiration.

8

« Une croisière dans les Caraïbes ? Vous pensez que je peux m'offrir des vacances ?

– Faites ce que vous voulez, Jeannie. Mais Jerry et moi, nous partons. »

L'agacement monte en Marguerite. La désapprobation se lit si crûment sur le visage de sa secrétaire ! Comme si ça ne suffisait pas, les mots prennent le relais. Madame ne va tout de même pas disparaître alors qu'en France se joue son siège d'académicienne ? Est-ce raisonnable à son âge ? Et comment répondre aux demandes d'interview si elle est en croisière ?

Marguerite sait que ce que Jeannie lui reproche le plus, c'est autre chose : ne pas avoir observé une période de deuil *décente*. Elle l'a entendue utiliser cette expression au téléphone. Qu'est-ce que ça signifie, exactement, *décente* ? Six mois ? Deux ans ? Qui sait combien de temps il lui reste à vivre ? Certainement pas assez pour se morfondre. Voilà huit ans qu'elle est en deuil. Depuis la récidive du cancer de Grace, elle a eu le temps de pleurer. Alors si Jeannie tient absolument à lui rendre service, qu'elle les rejoigne, elle et Jerry, aux Caraïbes.

⋆

Le voyage, c'est vrai, s'est décidé très vite. La semaine qui a suivi le service funèbre donné en mémoire de Grace, Jerry et Maurice ont appelé. Ils ont proposé de rendre visite à Marguerite pour les fêtes de fin d'année. Petite Plaisance étant trop encombrée – Jeannie avait commencé à reprendre la comptabilité abandonnée par Grace et les piles d'impayés montaient jusqu'au plafond –, ils ont pris une chambre à l'hôtel de Northeast Harbor.

Le soir de leur arrivée, ils l'ont emmenée manger dans un restaurant de poissons. Marguerite était dans cette hébétude qui ne l'avait pas quittée depuis la nuit du 18 novembre. À l'extérieur, un enjouement à même de rassurer tout le monde. À l'intérieur, un désespoir mat. Au contact de leur jeunesse vibrionnante, elle a senti les influx de vigueur revenir en elle. Maurice était toujours aussi volubile. Jerry ressemblait encore plus à Rimbaud que dans son souvenir. Il a commencé à évoquer le programme du voyage qu'il avait concocté en tâchant de concilier au mieux les demandes de Marguerite et ses propres suggestions. La route, d'abord. Les villes incontournables, avec leurs musées et leurs jardins. Les réserves ornithologiques. La forêt, la montagne, les plages. Puis le bateau. Dix jours de croisière. Bahamas. Jamaïque. Îles Caïman. Guatemala. Yucatán. Une véritable odyssée caribéenne.

Les vers de l'homme aux semelles de vent sont revenus la hanter.

Elle est retrouvée.
Quoi ? – L'Éternité.
C'est la mer allée
Avec le soleil…

Maurice, revenant à son goût des potins, lui a rapporté les rumeurs dont Paris bruissait. On accusait Jean d'Ormesson d'exercer d'ignobles pressions sur les immortels. Les adversaires de la candidate renchérissaient de bassesse, d'ignorance et d'illogisme. Ils lui reprochaient d'être à la fois trop femme et pas assez. Académique et cependant indigne de l'Académie. Décadente. Vieille école. Postmoderne. Antisémite. Sémitophile. De droite. Gauchiste. Apolitique. Apolitique donc de droite. Franco-française. Francophone. Francophile. Francophobe. Belge. Américaine. Apatride. Trop discrète. Invisible. Omniprésente.

« Ces crétins croient vous insulter, mais ils vous tressent des couronnes. Seuls les génies sont insaisissables !

– Être tout et son contraire me convient assez. Mais *apatride* ? Je me définirais plutôt comme citoyenne du monde qu'apatride, mon cher Maurice. Quant à la politique, je la rejette si elle n'a trait qu'aux logiques partisanes. Mais qui a idée en France du nombre d'associations pour l'environnement dont je suis membre ? Et du nombre de pétitions que je signe ? Ils seraient surpris, ceux qui m'imaginent en moine stylite. Je suis plus politisée qu'aucun d'eux !

– Vous aurez bientôt l'occasion de le leur faire savoir.

– Je me moque parfaitement qu'ils le sachent ou non. Tout ce que vous me racontez ne fait que me conforter dans mon indifférence à l'égard de cette élection. »

Maurice ne la prend pas au sérieux. Il sait qu'elle a ses informateurs et suit attentivement les tractations. Cette affectation de mépris est sa manière de se protéger en cas d'échec. Cela expliquerait qu'elle ait laissé l'entière responsabilité de cette campagne à celui qui en a eu l'idée – en cas de ratage, Jean d'Ormesson sera seul à répondre aux journalistes. Comment expliquer autrement que, lorsqu'elle a su que l'élection aurait lieu le 6 mars, le jour même où elle et Jerry devaient s'embarquer pour la mer des Caraïbes, elle lui a interdit de reporter ?

« Être toujours ailleurs que là où l'on vous attend, a approuvé Maurice, malicieux. Tout le secret de la gloire est là. »

*

Quand Jerry et Maurice sont repartis début janvier, tout était organisé. Jerry reviendrait la chercher fin février à Petite Plaisance. Il serait seul, Maurice ayant des rendez-vous indéplaçables à cette date. Marguerite et Jerry rouleraient jusqu'à Miami. Ils y seraient rejoints par Jeannie Lunt et son mari, qui s'étaient finalement décidés à la dernière minute à s'embarquer avec eux sur le *Mermoz*.

Dans l'intervalle la séparant du retour de Jerry, Marguerite a rangé les affaires de Grace. Elle a donné une partie de ses vêtements, jeté ceux qui étaient usés, gardant seulement pour elle quelques écharpes encore imprégnées de son odeur. La mort dans l'âme, elle s'est aussi débarrassée du piano de Grace. Comment supporter de voir au quotidien cet instrument échoué comme une baleine morte, incapable de rendre la moindre note ?

Elle a commencé à prendre l'habitude de répondre elle-même aux sollicitations. Depuis l'émission de Pivot diffusée en décembre, elles pleuvent. Au téléphone, Matthieu Galey lui a dit qu'elle était désormais une *superstar.* Marguerite goûte peu le terme. Maintenant que Grace n'est plus là, sa complicité avec le venimeux journaliste s'est érodée. D'abord, il l'a harcelée en pleine tourmente pour qu'elle réponde aux dernières questions. Et puis elle craint d'être allée trop loin dans les confidences. Matthieu Galey n'a-t-il pas profité de son épuisement pour la forcer à dire des choses dont elle ne voulait faire part à personne ?

9

Des couches de linge s'amoncellent sur les lits et les fauteuils, des piles de livres et de carnets sur son bureau, à côté d'une écritoire de voyage.

Après ces années de sédentarité forcée, faire ses valises la rend folle de joie. Elle en a fait acheter cinq, plus deux malles.

Des heures durant, assistée d'une Jeannie affolée à l'idée que tout n'entre pas dans la voiture de Jerry, Marguerite prépare ses affaires. Il lui faut, répète-t-elle, des tenues pratiques et légères mais suffisamment nombreuses pour parer à tout incident, déchirure, vin renversé, nausée à bord. Des toilettes du soir aussi – coupes amples mais matières nobles, lin, soie froissée, cols en dentelle de Bruges, mousseline et popeline de coton. Des chaussures de marche, des nu-pieds, quelques paires d'escarpins à boucle, confortables mais habillés. La trousse à pharmacie ne peut décemment pas occuper moins d'une valise : pansements, compresses, alcool à désinfecter, gaze et coton, deux thermomètres, aspirine, paracétamol, pilules contre la nausée, la diarrhée, la mauvaise digestion, les brûlures d'estomac, pommades contre les cloques et les piqûres d'insectes, baumes camphrés contre la migraine, crèmes solaires, flacon d'eau de lavande, limes et pinces à ongles.

« Pas de maquillage, expliquera-t-elle le premier soir de leur périple à Jerry, très intéressé par le contenu de cet énorme vanity-case. Songez qu'on tue des singes et des phoques pour faire un seul tube de rouge à lèvres ! »

Un coffret en ébène sculpté recueille les bagues, broches, colliers, joncs d'or et d'argent dont elle n'imaginerait pas se séparer. Jeannie rit, éberluée par les exigences de Madame en matière d'élégance.

Cette dernière approche des étoles de son visage en se regardant dans le miroir. Essaie une robe de faille de soie dont elle ne parvient pas à remonter la fermeture. Un régime s'impose. Mais le goût de la coquetterie lui revient comme une démangeaison d'un lointain passé. Est-ce que Jerry aimera cette soie sauvage d'un bleu-vert proche de ses yeux ?

★

Le revoir seul à Petite Plaisance fin février l'émeut comme une collégienne. Elle le reçoit dans cette pièce sans attribution claire qu'elle s'obstine à nommer, à l'américaine, son *parloir.* Et voilà qu'il est chez elle, *chez elle* et non plus *chez elles* – s'habituera-t-elle jamais à ce singulier, à ce qu'il implique de douloureux mais aussi de paradoxalement excitant ? Elle le tient dans son antre, ce bel animal au regard d'eau claire et aux gestes félins.

Dans la pénombre à peine éclairée par la lueur familière et orangée de la lampe, entourée de ses livres chers, plaids et coussins brodés, la timidité lui paraît moins insurmontable.

« Savez-vous que Grace vous aimait beaucoup ? confie-t-elle tout à trac. Croyez-le ou non, mais votre spectacle au théâtre de la porte Saint-Martin est la dernière chose à laquelle elle ait eu la force de s'intéresser. Je suis persuadée qu'elle serait heureuse de vous savoir ici. »

Jerry reste silencieux.

« Vous lui avez fait la meilleure des impressions, Jerry, insiste-t-elle. Elle aurait voulu vous connaître davantage, je le sais. À plusieurs reprises, elle a même laissé entendre qu'elle partait soulagée à l'idée de me confier à vous… »

Jerry hoche la tête, gravement.

« Est-ce que ce que je vous dis là vous gêne ? »

Le visage de Jerry est illuminé par un sourire radieux, presque insolent.

Soudain, elle a l'impression qu'il fait plus clair dans la pièce.

Une phrase absurde s'impose à elle.

Le soleil est de retour dans ma vie.

*

Malgré l'inconfort, les dix jours de ce *road trip* vers Miami sont comme un rêve éveillé. Des buildings de Philadelphie aux demeures coloniales de Charlestown ensevelies sous la neige, des parcs nationaux du Delaware aux cascades de Tallulah en Géorgie, les paysages défilent, jusqu'à l'étourdissement. En Caroline du Sud, les plages interminables et ourlées de rouleaux d'écume étincelante sont traversées par des pur-sang au galop. De son siège, elle a presque l'illusion de monter à leurs côtés, comme au temps béni de ses chevauchées avec Grace.

Elle ne pense à rien. Elle se laisse porter sur la route comme une héroïne de Kerouac. L'absence de mémoire de ce pays si grand et si jeune ne lui paraît plus si condamnable. Ici, malgré les buildings et les enseignes lumineuses, le sentiment de la nature l'emporte sur celui de l'histoire. L'ivresse du présent et du proche avenir sur la nostalgie.

Jerry conduit vite, trop sans doute, mais avec cette assurance crâne de cow-boy qui empêche Marguerite d'avoir peur. Elle s'en remet à lui comme une enfant, heureuse de songer que chaque heure, chaque minute l'éloigne un peu plus de la nuit de Petite Plaisance.

Bercée par le bruit du moteur, elle s'endort. Il la réveille quand le spectacle est immanquable, un vol de cygnes sauvages à l'horizon, l'ocre rouge d'un champ dont les sillons ressemblent à des plaies vives, la disparition du soleil derrière les *Blue Ridge Mountains*.

Souvent, il fait une embardée, quitte la route principale, s'arrête pour prendre des photos. La quête du bon endroit peut prendre cinq minutes comme une heure. Jerry cherche la meilleure composition, attend la lumière la plus cristalline ou inversement la plus brumeuse et veloutée. Elle le regarde faire, patiente, admirative.

Son cœur bat en songeant qu'ils ont cela en partage, ce goût immodéré de la nature, cette passion pour les oiseaux, ce sens de la grandeur des sites nobles et immémoriaux, vierges encore de la main de l'homme. N'est-ce pas une chance extraordinaire que de vivre cette passion ensemble, malgré tout ce qui les sépare ? N'est-ce pas un merveilleux cadeau de la vie ?

Dans la voiture, Jerry est capable de rester silencieux pendant des heures. Ce silence, étrangement, n'est pas pesant. Ce n'est pas le silence blasé des amoureux qui n'ont plus rien à se dire. Ce n'est pas non plus celui d'une trop grande et trop immédiate complicité. Il y a de l'intimidation, des deux côtés. Elle la dissimule derrière sa bonne humeur altière. Lui, derrière une apparente désinvolture. Ils parlent peu encore. Ils s'apprivoisent.

Souvent, il met une cassette. Louis Armstrong. Bessie Smith. Bob Dylan, qu'ils aiment tous les deux. Bach, dont Jerry confesse qu'il l'a découvert grâce à un amant plus âgé que lui et que sa musique a la vertu de le calmer. Elle se demande ce qu'il peut bien vouloir dire, lui qui semble presque apathique. Puis elle comprend. Quand il met la radio, Jerry monte le volume, à la recherche des tubes disco du moment. Il énumère pour elle le nom d'artistes qu'elle ne retiendra pas – Bee Gees, Earth, Wind & Fire, Boney M., Donna Summer. Elle les écoute d'une oreille circonspecte, horrifiée par ces sonorités aiguës, ces rythmes fous et carnavalesques, ce clinquant de cuivres trop joyeux pour son âme convalescente. Elle remarque qu'inversement, Jerry entre en frénésie à l'écoute de ces morceaux. Il pianote sur le volant, bat de la santiag, sifflote ou chantonne d'une voix de fausset, jusqu'à ce que, s'apercevant sans doute qu'elle est incommodée, il éteigne le poste d'un coup, boudeur.

Ce sont à peine des cumulus de beau temps. Très vite, son affabilité revient. Il se tourne vers elle, son sourire hollywoodien aux lèvres, pour lui demander si tout est *okay*.

*

Au gré des étapes, ils font des courses pour pique-niquer. Ils avalent du pain et des fruits sur le bord de la route. Parfois ils s'arrêtent dans un snack-bar. La nourriture ne convient guère à Marguerite. Elle se contente d'œufs frits avec du ketchup ou de crêpes arrosées de sirop d'érable. Jerry s'offre un hamburger. Les lèvres s'écartent sur les dents blanches, les mâchoires jaugent d'instinct le degré d'ouverture nécessaire à l'enfournement du monstrueux empilement d'aliments. La graisse coule le long de ses doigts et il les lèche un par un. Elle devrait être écœurée mais ne peut s'empêcher de trouver belle la jeune vigueur de cet appétit.

Le soir, ils s'arrêtent dans les hôtels que Jerry a réservés. Motel bondé ici. Holiday Inn bruyant là. Peu importe. Marguerite se réjouit d'avoir fait confiance à Maurice quand il lui a vanté le sens de l'organisation de son compagnon. Jerry est à lui seul un merveilleux tour-opérateur. Les étapes de l'itinéraire, ni trop longues sous peine de l'épuiser, ni trop brèves de crainte de ne pas arriver à temps à Miami pour le départ du *Mermoz*, ont été sagement pensées. Les sites immanquables sont systématiquement intégrés à leur programme. Les chambres réservées d'une propreté irréprochable, à défaut d'être du charme le plus romantique.

Le jeune Américain s'avère en outre un trésorier hors pair. Marguerite lui a confié les cordons de la bourse après qu'il a établi un budget solide, validé par Jeannie Lunt. Mais Jerry se vante de lui faire faire des économies sur toutes sortes de coûts. Il lui jure qu'à l'arrivée, ils auront dépensé moins que prévu et qu'il aura encore de quoi lui faire un beau cadeau.

Le soir, après le dîner, il l'escorte jusqu'à sa chambre et lui souhaite la bonne nuit en l'appelant Madame. Ce formalisme la trouble et l'irrite. Qu'il la vouvoie, c'est entendu. Mais est-ce qu'il la juge trop vieille pour l'appeler par son prénom ?

Elle ne se couche pas tout de suite. Elle note dans ses carnets les impressions du jour. Le savoir tout près d'elle, de l'autre côté d'une cloison mince comme du papier à cigarette, la rassure et l'agite tout à la fois.

10

Pourquoi Jerry ne revient-il pas ?

Le *Mermoz* doit lever l'ancre dans un quart d'heure et il lui avait juré d'être à ses côtés au moment du départ. Depuis le pont grouillant de passagers, aveuglée par le soleil qui se reflète dans l'eau graisseuse et rebondit sur la coque longue de cent soixante-deux mètres, à en croire la brochure de papier glacé, elle n'est pas loin du malaise.

Impatientée, elle fait un geste de la main pour chasser Jeannie, venue aux nouvelles. La secrétaire s'écarte, offusquée. L'attitude de Jerry, qui a exigé qu'on lui passe toutes les communications de Madame, lui a paru d'un zèle outrancier. Puisqu'elle participe à la croisière, n'est-il pas normal qu'elle reprenne les fonctions qui sont les siennes ?

Soudain, Marguerite aperçoit Jerry marcher vers elle à pas pressés, l'air grave.

« Madame, lui chuchote-t-il à l'oreille, c'était le secrétaire perpétuel de l'Académie. Vous voilà élue.

– Que se passe-t-il ? demande Jeannie.

– Il semblerait qu'ils se soient finalement décidés en ma faveur !

– Mais alors nous ne pouvons plus partir.

– Vous plaisantez, Jeannie ? Nous allons filer à l'anglaise. »

Mais la nouvelle s'est répandue comme une traînée de poudre. La compagnie Paquet qui gère la croisière de luxe n'a pas respecté son engagement de discrétion. Le capitaine annonce un retard d'environ une heure. Il fait hisser les couleurs de la France, avant d'apporter le champagne à la compagnie. D'une jovialité bruyante, il demande à poser avec la nouvelle académicienne. Celle-ci se prête au jeu pour la photographie. Manifestement, elle s'amuse plus qu'elle ne le prétend. Ce double jeu agace Jeannie. Que Madame les encourage encore et l'orchestre du *Mermoz* va leur jouer *La Marseillaise* !

Le téléphone n'arrête pas de sonner. Cette fois, la consigne est stricte.

« Madame ne prend aucune communication, explique Jerry aux membres de l'équipage.

– Même les télégrammes ?

– Vous pouvez nous les transmettre, oui. Mais rien d'autre. Et surtout pas de journaliste à bord. Nous ne répondrons à aucune question. »

Un télégramme vient d'arriver de Matignon.

« Qui est ce Raymond Barre ? » demande Marguerite, circonspecte.

Jeannie se demande si elle se moque du monde ou si elle a perdu la tête.

⋆

« Jerry, je saute dans le premier avion mais tu dois absolument m'obtenir l'exclusivité de sa réaction. C'est le moins que tu puisses faire pour moi. »

Au téléphone, la voix de Maurice est altérée par une mauvaise excitation.

« Après tout, c'est grâce à moi, tout ça.

– Quoi, tout ça ?

– Ton intimité avec la plus grande femme de lettres française.

– Intimité ? Nous sommes en train de devenir amis, rien de plus.

– Tu crois que je n'ai pas deviné à quel jeu tu joues ?

– Je ne sais pas de quoi tu parles. J'ai été engagé comme secrétaire, c'est tout.

– Grâce à qui, Jerry ?

– Grâce à mon talent. À mes *qualités d'organisateur*, comme tu l'as répété toi-même.

– J'ai fait ta pub, oui. Mais pas pour que tu la joues en solo.

– Je crois que j'ai trouvé un job qui donne sens à ma vie en ce moment. Je ne vais pas m'excuser parce que j'en profite.

– Quel job ? Guide touristique pour une vieille dame qui pourrait être ta grand-mère ?

– Non, secrétaire particulier. La sienne n'est bonne que pour la paperasserie. Moi, je sens que je peux faire plus pour elle. Je suis bilingue. Je connais des gens. Je peux contribuer à mieux faire connaître son œuvre en Amérique.

– Tu n'as même pas lu ses livres !

– J'ai lu *Alexis*.

– Parce que c'est le plus court et que je te l'ai offert.

– OK, je suis débile. *Fuck you*, Maurice. »

*

Playa del Carmen. Elle n'a jamais vu un bleu pareil. Même en Grèce. Ou alors elle a oublié la violence chromatique des pays méditerranéens. Mais cette limpidité de cristal ! Cette palette rutilante ! Turquoise des vagues virant indigo à l'horizon. Vert presque noir des palmiers. Farine blonde du sable fin. Éternelle jouvence des paradis terrestres, absurdes d'évidente beauté. Et songer que ce sont les mêmes eaux qui, il y a quelques semaines encore, l'encerclaient de leurs glaces sur son île septentrionale ! Ici, la glace ne sert qu'à garder frais les cocktails bourrés de sucre de canne, dégradés de l'orange au rose comme des couchers de soleil. Elle se tourne vers Jerry, cherche à deviner son regard sous les lunettes noires. C'est la même transparence. Elle le lui a dit, hier au dîner, devant Jeannie et son mari qui ont dû la prendre pour une midinette. Elle s'en moque ! Elle n'a pas l'intention de se contraindre.

« Vous ne descendrez pas ?

– Je préfère rester sur le pont. Vous sentez cette délicieuse brise marine ? »

La veille, elle a fait un malaise à Cozumel. Elle a dû rester dans sa cabine tandis que Jerry et les Lunt partaient écouter un concert de mariachis. Sa santé l'inquiète. Elle a des coups de chaud, des insomnies. La nourriture servie à bord lui paraît trop riche, dispendieuse et indigeste. C'est peut-être cette croisière en elle-même qui la rend malade. Ce luxe de ville flottante, cet étalage de vulgarité, banquettes en skaï saumon, décorations à base de fruits découpés en fleurs et d'orchidées en plastique, lustres en faux cristal, orchestre dévidant ses slows sirupeux, bikinis clinquants en journée et robes à strass le soir sur les peaux trop bronzées.

Un jour, alors qu'elle cherchait la salle de repos, elle a vu les chariots chargés des reliefs du dîner stationnés dans un couloir. Ils débordaient de serviettes tachées, de cuisses de poulet à peine dépiautées, figées dans la sauce durcie. Le lendemain, elle a aperçu des plaques huileuses souillant la mer verte des tropiques et n'a pu s'empêcher d'établir un lien entre ce luxe obscène et cette scandaleuse pollution. Pourquoi s'est-elle embarquée dans ce parc d'attractions itinérant pour capitalistes américains ? Le seul bénéfice de la nausée permanente qu'elle ressent est qu'elle maigrira peut-être plus efficacement ici qu'en suivant un quelconque régime.

Elle remonte le film bariolé, déjà si riche, des derniers jours. Les extraordinaires pyramides mayas de Chichén Itzá. Les peintures naïves qu'elle et Jerry ont achetées au Guatemala. Puerto Barrios où son jeune compagnon a photographié les enfants noirs jouant divinement de la flûte. La chaleur insoutenable, sur l'île de Grand Cayman, qui leur a fait renoncer à visiter une ferme aux tortues. La dispute de Jeannie avec le chauffeur de taxi odieux qui devait leur faire faire un tour de l'île et les a plantés sur le bord de la route.

Et puis le gâchis de Nassau, leur première étape, où le paquebot a été envahi par les journalistes. Comment ne pas soupçonner la duplicité de l'équipage ? Le capitaine espérait-il que ce tapage ferait de la publicité pour les Bahamas ou les croisières de la compagnie Paquet ?

Elle a été soulagée quand Jerry a introduit Maurice et le cameraman de TF1 dans le salon privé où elle avait trouvé refuge. Les questions facétieuses du compagnon de Jerry, fou de joie d'avoir la primeur de ses réactions, lui ont permis de déployer toute sa malicieuse irrévérence.

Marguerite sait que Maurice et Jerry se sont disputés. Elle essaie de ne pas s'en mêler, de refouler toute curiosité malsaine comme tout sentiment de jalousie. Mais elle ne peut s'empêcher d'être flattée. Est-ce qu'elle est l'objet de la discorde ? Est-ce que Jerry et Maurice sont toujours *ensemble* ? En tout cas, Maurice est resté comme à son habitude d'une parfaite et délicieuse déférence avec elle. L'entretien mis en boîte, il a quitté le paquebot, non sans lui avoir d'abord fait promettre de loger chez lui, quand elle viendra à Paris cet hiver.

*

Sitôt débarqués à Miami, ils se séparent des Lunt, qui préfèrent rentrer tout droit à Monts-Déserts, tandis qu'eux doivent visiter le parc d'Everglades et observer les oiseaux depuis la baie de Floride. Marguerite est soulagée. Elle a senti que le courant ne passait pas entre Jerry et sa secrétaire. Une ou deux fois, elle a perçu de la part de cette dernière une méfiance à l'égard de ce nouveau compagnon. Marguerite feint de ne rien remarquer, pour ne pas prêter le flanc au moindre sermon. Dès qu'ils sont tous les deux de nouveau, elle respire. Jerry aussi paraît plus détendu. Il ne donne plus l'impression d'être sur la défensive.

Les dix jours du retour rééditent le rêve du voyage aller : un délicieux tête-à-tête, une conversation informelle, sans cesse interrompue et reprise, sur fond d'impressions visuelles et sonores indéfiniment renouvelées, partagées et goûtées de manière tacitement identique.

Le soir des trente et un ans de Jerry, ils dînent à Charlottesville, dans un merveilleux restaurant de fruits de mer. Avec une curiosité naïve et passionnée, Jerry questionne Marguerite sur son passé, ses amours, la vie littéraire à Paris avant et après la guerre. Elle ne se fait pas beaucoup prier. Sûre d'intéresser son oreille novice, elle lui parle de Woolf, qu'elle a rencontrée à Londres pour sa traduction des *Vagues*, de Gide qui a inspiré sa première manière d'écrivain, de Cocteau, qu'elle admire tant. D'instinct, elle lui cache l'existence d'André Fraigneau mais évoque ses virées en Méditerranée à bord du voilier d'André Embiricos.

Elle lui raconte aussi sa vie avec Grace. La rencontre avec l'Américaine qui l'a abordée crânement, un jour de 1937, au bar de l'hôtel Wagram où Marguerite prenait un verre avec des amis – Jerry rit en apprenant que Grace lui a proposé de venir voir les oiseaux sur le toit depuis sa chambre. Les voyages en Angleterre, en Italie, en Caroline du Sud à la rencontre des chanteurs de negro spirituals. Les années de collaboration fructueuse, aussi, la première écrivant, l'autre traduisant dans le bureau de Petite Plaisance, dans une concentration de chaque instant, une confiance absolue aussi dans le travail l'une de l'autre. Et puis la maladie, les années difficiles, le comportement de plus en plus tyrannique et acariâtre de Grace.

« Comme vous avez dû souffrir !

– Tout bonheur comporte sa rançon, mon cher. Et j'ai été passionnément heureuse. »

*

Ce qu'elle ignore, c'est à quel point ce qu'elle raconte à Jerry ébranle les idées reçues du jeune homme, lui ouvre des horizons neufs, touche à ses points de vulnérabilité aussi. Tous les soirs, il tient dans son journal la relation de leurs échanges.

Lui qui croyait avoir tout vu – simplement parce qu'il a multiplié petits boulots, traversées de l'Atlantique et partenaires des deux sexes dont, pour la plupart, il ne se rappelle ni le nom ni le visage –, il prend la mesure en l'écoutant de ce que peut signifier une existence non seulement libre mais féconde et douée d'un *sens*.

Bien sûr, l'effet du temps passé, des grands écrivains côtoyés, la nostalgie absurde des époques qu'on n'a pas connues aussi auréolent la vieille femme d'un prestige surnaturel. Avec l'enthousiasme d'un fan de la dernière heure, Jerry la considère comme une légende. Est-ce l'élection à l'Académie qui la rend digne d'intérêt à ses yeux fascinés par tout ce qui brille, tout en lui faisant craindre de ne pas faire le poids ?

En la fréquentant quotidiennement, il la perçoit aussi comme une femme ordinaire, accessible. Une femme de chair et de sang, toujours à ses côtés ou en face de lui selon qu'ils roulent ou dînent. Corps réel, tangible, avec ses forces surprenantes et ses faiblesses difficiles à cacher, ses besoins, sa consistance, ses odeurs.

Se pourrait-il qu'à la faveur des circonstances où la chance l'a placé il écrive avec elle un chapitre de cette existence si riche ? Qu'il en soit à son tour un protagoniste essentiel, bien qu'introduit tardivement ? Voilà qui lesterait pour de bon son existence volatile.

Mais alors il ne peut s'empêcher de se demander ce qu'elle lui trouve. Il sait qu'il n'est qu'un blanc-bec. Un autodidacte aux lacunes béantes. Pire, un opportuniste. Est-ce que Maurice et lui ne se sont pas cyniquement dit, après le tournage du *Pays d'où je viens*, sans même savoir exactement ce qu'ils entendaient par là, que cette rencontre représentait une *occasion en or* ?

Maurice, au moins, est un admirateur sincère de Yourcenar. Dans sa vie de tous les jours et malgré les émissions tape-à-l'œil qu'il produit, il porte haut l'amour de la littérature. Sans doute a-t-il surtout vu dans cette fréquentation nouvelle un intérêt pour son jeune compagnon. Conscient de ses manques, de ses faiblesses, de son besoin de s'amarrer, il a dû vouloir l'aider à se placer sous une protection solide, à se trouver une *raison sociale.* Mais lui ? Qu'a-t-il espéré ? Se faire entretenir par une riche vieillarde en échange de sa *belle gueule* ?

À présent il se dit que celle de Marguerite vaut bien la sienne. Le grand âge ne la désavantage pas, au contraire. Il lui trouve le plus bouleversant des sourires, un regard d'une jeunesse inaltérée. Ne dit-on pas que les yeux sont le seul organe qui ne vieillit pas ? Alors quand elle lui demande s'il est d'accord pour rester quelques jours auprès d'elle à Petite Plaisance quand ils seront rentrés – elle a si peur de s'y retrouver seule avec l'ombre de Grace –, il acquiesce, touché au cœur par cette marque de confiance qu'il sait ne pas vraiment mériter.

11

« Elle vous plaît ? »

Interdit, Jerry regarde la chambre mansardée avec son lit de bois peint en vert et or, la petite bibliothèque d'acajou surmontée de deux lampes de chevet qui lui sert d'appuie-tête, le tissu oriental en guise de couvre-lit qui s'harmonise avec les tapis persans. C'est la première fois qu'elle le fait monter à l'étage de Petite Plaisance et il peine à réfréner son émotion.

« C'est la chambre de Grace ?

– Ce sera la vôtre, désormais.

– Mais c'est ici qu'elle…

– C'est ici qu'elle a rendu son dernier soupir, en effet. Cela vous gêne, Jerry ? Je tenais à vous donner sa chambre. C'est une marque de confiance et d'amitié. Mais si l'idée vous déplaît, rassurez-vous, il y en a deux autres qui sont libres.

– Non, surtout pas. J'aime beaucoup cette chambre. *Good vibes, really*. Et puis je vous l'ai dit, je n'ai pas peur des fantômes.

– Vraiment ?

– Si ce sont de gentils fantômes, bien sûr. Grace me voulait du bien, *didn't she?*

– Vous le savez, Jerry. C'est elle qui vous laisse sa

place, je le sens. Mais encore une fois je comprendrais qu'il vous soit pénible d'habiter la chambre d'une morte.

– Ce n'est pas le cas. Je pense à la mort tous les jours, vous savez.

– Tous les jours ?

– Je ne sais pas pourquoi, j'ai toujours été persuadé que je mourrais jeune. Je vis avec cette idée depuis mon enfance. »

Marguerite le regarde, violemment émue. Comme cette déclaration lui rend Jerry proche et mystérieux tout à la fois ! La proximité de la jeunesse et de la mort l'a toujours remuée au plus profond. Lorsque, adolescente, elle traduisait *L'Iliade* avec son père, elle s'attendrissait jusqu'aux larmes de la mort de Patrocle et de la douleur d'Achille. Michel le lui répétait : c'est le sort des dieux et des héros que de mourir jeune. Pour sa part, elle a beau savoir que l'homme, comme certains animaux, peut sentir d'instinct approcher l'heure de son départ, elle a toujours été persuadée que seuls certains êtres doués de capacités divinatoires plus élevées détiennent le pouvoir de pressentir, dès le début de leur existence, la longueur de leur ligne de vie.

« Où avez-vous trouvé cette merveille ? demande Jerry en montrant du doigt un cheval dessiné à l'encre de Chine, au-dessus de la tête de lit.

– C'est mon ami André Embiricos qui me l'a offert. Pendant la dernière guerre, en guise de cadeau d'adieu. Il est mort assez récemment, sans que nous nous soyons jamais revus. Mais voyez-vous, je pense toujours à lui grâce à ce cheval. J'y vois une sorte de messager entre le monde des vivants et celui des morts. Une promesse d'avenir aussi, pour moi qui rêve tant d'aller en Asie.

– Nous irons en Asie, Marguerite. Je vous en fais le serment.

– Regarder cette encre qui en vient me suffit, en attendant.

– Elle est magnifique.

– Je savais que vous l'aimeriez. Vous êtes bon cavalier comme Grace. Vous voyez que cette chambre est faite pour vous ! »

*

Dans les jours qui suivent s'esquisse une vie de couple d'un nouveau genre. Les petits déjeuners sont pris en décalage. Quand Jerry se lève, il y a souvent des heures que Marguerite est debout. Elle a eu le temps d'allumer le four, de faire son inspection rituelle du jardin et d'écrire quelques pages. La tendance de Jerry à paresser la réjouit inexplicablement. Elle se dit que c'est la loi physique du jeune âge, le besoin de recréer les forces dépensées sans compter.

Avec ravissement, elle le voit descendre l'escalier pieds nus, le peignoir ouvert sur sa poitrine bombée, les yeux encore collés par le sommeil dur et prolongé qui succède aux rendormissements de l'aube – il lui raconte être souvent réveillé vers cinq heures par des cauchemars. Elle éprouve l'ivresse d'une jeune mariée à lui servir son café fumant, ses tranches de pain nappées de confiture d'airelles. Tant qu'il n'a pas déjeuné, elle sait qu'il est inutile de lui adresser la parole. Bougon, il avale une pleine cafetière, avant d'attraper son baladeur et de partir faire son *footing*, sa tonitruante disco sur les oreilles. Elle guette son retour, heureuse de l'apercevoir, ruisselant de sueur, s'étirer dans le jardin.

Après sa douche, Jerry s'anime et lui sert de nouveau ses plus beaux sourires. Il bêche un peu, arrache les mauvaises herbes. Joue comme un enfant avec la chienne. Puis il se met dans une chaise longue et prend le timide soleil d'avril ou somnole dans le canapé du parloir, tandis qu'elle travaille, porte ouverte.

Le regarder dormir est l'un de ses plus grands plaisirs. Il s'y mêle un peu de prévenance maternelle et beaucoup d'érotisme inavoué. Ce grand corps doré, à la cage thoracique saillante qui se soulève et s'abaisse au rythme régulier de la respiration, lui paraît fort et fragile à la fois. Elle donnerait beaucoup pour le caresser, se blottir contre lui, s'en faire un rempart contre les nuits encore froides. Sans le vouloir, il prend souvent des poses de Mars assoupi. Son bras relevé contre son visage pour faire écran à la trop violente luminosité révèle sous le T-shirt une aisselle profonde, moelleuse, aux longs poils d'or. Pourquoi devrait-elle avoir honte d'adorer, secrètement et dans le plus grand respect, l'image vivante de la jeunesse, de l'éternelle et ineffable beauté ?

⋆

Quand un visiteur survient, l'atmosphère change. Ramona, la femme de ménage, hausse les sourcils et pince les lèvres en ramassant les pulls qui traînent, les cendriers pleins et les tasses abandonnées sur les accoudoirs des fauteuils. Elle refuse de faire le ménage dans l'ancienne chambre de Grace, profanée par cet intrus. DeeDee évite pour sa part d'adresser la parole au jeune homme à qui elle trouve l'air sournois. Quant à Jeannie, elle paraît désagréablement surprise de le trouver encore là plusieurs jours après leur retour de Miami.

Lui, comme un chat dérangé sur son territoire, se contente de lever le camp en roulant des épaules. Une après-midi qu'elle l'a surpris le nez dans la correspondance de Madame, Jeannie demande à cette dernière une explication à huis clos.

« Votre ami compte-t-il demeurer longtemps à Petite Plaisance ?

– Il restera jusqu'à Pâques, Jeannie. Mais ne vous réjouissez pas trop vite. Il reviendra début juin, pour plusieurs semaines.

– Il compte donc s'installer à demeure ?

– Il est libre de ses mouvements. Mais il ne doit pas douter qu'il est chez lui à Petite Plaisance. Et puis je voulais vous parler d'autre chose. J'aimerais lui verser une petite pension.

– Une pension ?

– Quelque chose d'intermédiaire entre une indemnité et de l'argent de poche. Je ne voudrais pas qu'il se sente gêné pour payer son essence, ses sorties en ville ou ses cigarettes, vous comprenez ?

– Pas vraiment. À quel titre, cette indemnité ? Le gîte et le couvert ne paient-ils pas suffisamment l'honneur qu'il nous fait de sa présence ?

– Il me rend des services, figurez-vous. Et pendant

qu'il m'assiste, il ne travaille pas pour lui, ce qui m'embête.

– Cela le regarde, s'il préfère être en vacances.

– Il n'est pas en vacances. Vous voyez bien qu'il résout toutes sortes de difficultés pour moi.

– Si Madame estime qu'il fait mieux son travail que moi, elle n'a qu'un mot à dire.

– Ne prenez pas ce ton, Jeannie. Vous savez à quel point j'ai besoin de vous. Mais je parle d'autre chose. De projets artistiques. De voyages. D'ailleurs je compte repartir dès cet automne, pour plusieurs mois. Et pour comprendre exactement ce que je veux et dois voir, comment, dans quel ordre et à quel rythme, Jerry n'a pas son pareil. »

*

En fait de culture, Jerry n'a pas son pareil non plus. Non que celle-ci soit gigantesque, à coup sûr. Mais à côté d'ignorances indéniables, Marguerite s'étonne de voir son protégé manifester des connaissances proprement encyclopédiques sur les sujets qui le passionnent, l'ornithologie, l'horticulture ou les musiques du monde. Sa tête fourmille toujours d'idées, de projets dont beaucoup avortent tandis que d'autres surnagent, fruits d'une maturation tortueuse. Ce qui le met le plus en joie, ce sont les projets collectifs. La solitude ne lui vaut rien, répète-t-il comme un *motto*. Ni sur le plan artistique ni sur aucun plan.

Sur la route du retour entre Miami et Petite Plaisance, il a ainsi arrangé une rencontre avec Marion Williams afin d'entraîner Marguerite dans leur projet musical. Séduite par la charismatique chanteuse, Marguerite a accepté de traduire des témoignages sur les origines du blues et d'entrer ensuite en studio pour les y enregistrer.

Jerry avoue aussi à Marguerite qu'il aimerait faire un livre avec elle. Peu importe quoi, des textes ou des poèmes qu'elle écrirait et qu'il illustrerait de ses photos. Ou bien ce livre sur les blues et les gospels dont ils ont déjà parlé. Sa mère serait si fière si elle voyait son nom sur la couverture d'un ouvrage publié en France ! Marguerite ne sait pas vraiment ce qu'il a en tête, mais son enthousiasme est contagieux. L'idée de sortir de la solitude sacerdotale de l'écrivain lui sourit, à elle aussi. Cependant, la vie avec Jerry ressemble parfois à un tourbillon. Il s'absente sans cesse pour de mystérieux rendez-vous. Son carnet est rempli de noms et de numéros de téléphone, comme s'il avait des connaissances dans chaque ville d'Amérique ou d'Europe, chaque secteur d'activité.

À New York, où ils sont passés en coup de vent, il a tenu à lui présenter *une personne chère*, le galeriste Stanley Cranston – qu'elle a aussitôt soupçonné d'être un amant occasionnel.

Connaissant son engouement pour la culture nippone, Jerry lui a aussi fait rencontrer un universitaire spécialiste du Japon, qu'il connaît *par des amis communs*. Ce dernier détient une copie de *Patriotism*, le moyen-métrage de Yukio Mishima dans lequel le célèbre romancier japonais joue, quelques années avant son propre suicide, un officier qui commet le seppuku. Une projection est organisée. Marguerite, impressionnée par cette sanglante mise en abyme, songe de plus en plus à écrire un essai sur Mishima. À cet effet, elle a commencé à relire toute son œuvre. Elle en parle beaucoup à Jerry et lui communique sa fascination pour la trajectoire géométrique de cet écrivain de génie. Obsédé par la discipline et le déclin de son pays, Mishima a voulu faire de son suicide un acte politique nationaliste en même temps qu'une œuvre d'art, le couronnement de toute son œuvre. L'histoire de Morita, le jeune ami ou amant chargé de décapiter Mishima avant de se tuer lui-même – mais dont le bras faiblit au point qu'il doit laisser un troisième homme terminer sa sanglante besogne –, intrigue particulièrement Jerry.

« Qu'est-ce que vous ne comprenez pas, Jerry ? Qu'on puisse vouloir mourir par fidélité à celui qu'on aime ?

– Non, ça, je le comprends très bien. Mais je ne comprends pas qu'il se débine. Moi, s'il fallait tuer, je sens que j'irais jusqu'au bout. »

*

En fait de vie privée, Marguerite ne sait pas grand-chose sur Jerry. Plusieurs fois, il a fait allusion au cahier où il tenait le bilan de ses conquêtes féminines, au lycée. Il a mentionné le premier garçon dont il est tombé amoureux, sans que cette rencontre, dit-il, ait entraîné une *conversion définitive*. Il dit aussi souvent qu'il ne discrimine pas sur l'âge. La flatte-t-il ?

Il ne lui parle jamais de Maurice. Elle sait qu'ils n'ont pas signé de pacte de fidélité mais elle sent que

Maurice n'apprécie qu'à demi leur complicité naissante, comme si quelque chose lui échappait, qu'il se sentait exclu. Elle se demande aussi dans quelle mesure les deux amants fréquentent ces boîtes de nuit où d'obscures arrière-salles, lui a-t-on raconté, sont réservées à la plus grande promiscuité sexuelle.

La débauche ne la choque pas. Pour rien au monde elle ne renierait les propos qu'elle a prêtés à Hadrien sur les besoins du corps, ni immoraux ni moraux, mais amoraux car purement physiques, et en tant que tels innocents. Elle a toujours fait sienne la préférence de l'empereur romain pour les franchises les plus crues du désir. Les pudeurs farouches des censeurs témoignent d'une profonde ignorance, voire d'une haine de la vie. Mais elle peine à accepter qu'avec son physique d'ange, Jerry puisse se prêter à des étreintes sordides. Et puis elle trouve triste qu'aucun être ne semble capable de l'attacher un peu exclusivement, un temps du moins.

« Je n'ai qu'un amour, lui dit-il un jour qu'elle l'a sondé sur ce point.

– Qui donc ?

– Ma mère. C'est la femme de ma vie. »

Cette déclaration la fait se rembrunir. D'instinct, elle est jalouse de cette Betty qu'elle s'imagine castratrice, vulgaire et bardée de préjugés. Jerry n'a jamais dit à sa mère qu'il aimait les hommes *parce que cela choquerait ses principes*. N'est-ce pas tristement éloquent ?

Dans quelques jours, comme il le fait au moins une fois par an, il va retourner dans la ferme parentale, comme pour se purger de ses vices. L'espace de six semaines, il redeviendra l'enfant de chœur blondinet à qui on n'avait rien d'autre à reprocher que de manger du poisson-chat avec les ramasseurs de coton noirs. Il mangera bien, dormira bien, fera laver et repasser son linge avant de repartir avec trois kilos de plus, ses bagages chargés de conserves et l'esprit bouillonnant de désirs frustrés.

« Vous savez bien que je n'y vais pas que pour la voir. Je poursuis mon travail photographique, Marguerite. Nous allons faire un livre formidable ensemble. »

⋆

La veille de son départ, alors qu'il est monté se coucher avant elle après avoir bu un verre de vieux cognac de trop, elle s'aperçoit en passant devant sa chambre qu'il a laissé sa porte entrouverte. Elle ne peut s'empêcher de la pousser. Son cœur bat la chamade. Elle devine que Jerry est entièrement nu sous le drap. Soudain, il ouvre grand les yeux.

« Ne restez pas sur le seuil, lui dit-il. Entrez et fermez la porte. »

Le Cavalier polonais

« Tout ce qui est jeux de miroir entre les personnes et les moments du temps, angles de réflexion et angles d'incidence entre l'imagination et le fait accompli, est si obscur, si fluide, si impossible à cerner et à définir par des mots, que leur mention même risque de sembler grotesque. Parlons de coïncidence, ce mot qui suffit à défaut d'explication. »

Marguerite Yourcenar, *Quoi ? L'Éternité.*

12

Cela fait des années qu'elle n'a pas été aussi heureuse. Tout ce à quoi elle avait cru devoir renoncer, contrainte par les nécessités de l'âge, de l'exil et de la maladie de Grace lui revient miraculeusement, dans une corne d'abondance.

La vieillesse est le lot de ceux qui se laissent aller. Marguerite n'est plus jeune, c'est entendu. Mais elle n'est pas vieille non plus. D'ailleurs, il faudrait, pour chaque vieillesse, redéfinir l'adjectif « vieux ». Elle, elle se sent en pleine possession de ses facultés physiques et mentales. DeeDee l'écoute pérorer tandis qu'elle l'ausculte, une moue ironique sur le visage.

« Vous n'en meniez pourtant pas large, il y a peu.

– Mais vous me confirmez que ma tension est bonne ?

– Excellente, Madame.

– C'est le miracle de l'amitié, ma chère.

– Pauvre miss Grace !

– Qu'insinuez-vous ?

– Rien, Madame. Miss Grace se faisait toujours un sang d'encre pour votre santé.

– Eh bien justement, elle serait heureuse de voir que je me porte comme un charme. »

DeeDee se mord les lèvres pour ne pas dire ce qu'elle pense. Mais Marguerite se met en devoir de lui expliquer que c'est Grace qui l'a, pour ainsi dire, placée sous la garde de Jerry. Il y a eu passage de témoin entre eux, elle en est certaine.

« Jerry a tant de points communs avec Grace. Tenez, cette passion pour le blues et le gospel. N'est-ce pas un signe ?

– Je ne sais pas, Madame. L'important est que ça vous fasse du bien à vous. »

★

Sitôt de retour, Jerry la conduit à Boston où elle doit recevoir, à la veille de ses soixante-dix-sept printemps, une promotion dans l'ordre de la Légion d'honneur.

Dans la librairie française où se tient la cérémonie, le jeune photographe ne semble guère apprécier de voir la foule et les caméras se presser autour de la femme de lettres. Dès qu'ils sont seuls, il lui fait une scène à propos d'Yvon Bernier, un enseignant québécois, grand admirateur et fin connaisseur de l'œuvre de Marguerite, venu tout exprès pour la rencontrer après des années d'échange épistolaire. Jerry l'a trouvé empressé, obséquieux, collant.

« Vous êtes jaloux, Jerry ? »

Marguerite se rengorge. Être l'objet de la possessivité d'un garçon beau comme un dieu et qui pourrait être son petit-fils, n'y a-t-il pas là de quoi tourner la tête de la moins vaniteuse des femmes ? Mais Jerry ne desserre pas les dents jusqu'au retour à Petite Plaisance.

Sitôt rentré, il repart à New York pour *faire la fête*, puis de nouveau dans l'Arkansas *auprès de la femme de sa vie*. Un séjour se profile en Nouvelle-Calédonie avec Maurice, qui a exigé sa part de vacances. Mais Jerry doit revenir pour de bon fin septembre, en vue d'un voyage de plusieurs mois en Europe et au Maghreb. Galvanisée par l'amour et les récompenses, Marguerite supporte sans trop de mal les semaines d'absence de son chevalier servant.

En attendant son retour, dans une clarté d'esprit décuplée par la promesse faite à Claude Gallimard de faire coïncider l'entrée sous la Coupole avec la parution d'un nouvel opus, elle écrit, d'une traite, son essai sur Mishima.

Ses heures libres, elle les passe à jardiner, apprendre le japonais, promener la chienne au bord de l'eau. Elle dort mieux que jamais. Elle ne surveille plus aussi obsessionnellement sa température. Elle se contente de soigner son alimentation, soucieuse de paraître amincie à Jerry.

⋆

Ce périple, elle l'a longtemps rêvé. La croisière dans les Caraïbes n'était qu'une parenthèse apéritive. Cette fois, elle rêve d'un pèlerinage doublé d'un véritable voyage de noces. Une confrontation à sa mémoire la plus chère et la plus ancienne, à son imaginaire intime et romanesque, autant qu'une occasion de vivre des expériences neuves, de goûter à tous les charmes du voyage sentimental avec cet ami tombé du ciel.

Comme elle le répète à Jerry tout au long de la traversée sur le nouveau *Queen Elizabeth*, l'Angleterre est son pays de cœur. Elle ne peut oublier que c'est avec son père qu'elle a découvert Londres, en 1915. C'est grâce à lui qu'elle est tombée en extase, au British Museum, devant le buste en bronze d'Hadrien, premier germe du roman qui allait la consacrer plus de quarante ans plus tard. À Londres, elle a connu ses premiers ébats sexuels avec une dénommée Yolande, fille d'une maîtresse de Michel – Jerry mime l'indignation quand Marguerite lui avoue ne pas avoir eu plus de douze ans au moment des faits. Plus tard, bien plus tard, elle est retournée en Angleterre avec Grace, pour de merveilleuses escapades.

Marguerite aime tellement tout ce qui est anglais qu'elle ne peut concevoir la moindre réserve de la part de Jerry. Mais celui-ci ne demande qu'à tomber sous le charme.

Ils sillonnent le pays de Southampton jusqu'à l'Écosse et au pays de Galles, cochent toutes les cases du guide Michelin, de Bath à Cambridge, des sites préhistoriques de Stonehenge et Castlerigg aux cathédrales de York et Winchester, des rivages de Penzance à la forêt de Sherwood, du cottage de Wordsworth dans le Lake District au presbytère des Brontë à Haworth.

Jerry se passionne pour l'histoire de ces trois sœurs isolées dans les landes du Yorkshire et y échafaudant les intrigues les plus romantiques. Marguerite lui raconte le parcours tragique du raté de la famille, Branwell, détruit par la paresse, l'alcool et la tuberculose. Jerry, troublé, achète la carte postale du portrait de la fratrie

Brontë par Branwell. Ce dernier s'est effacé d'un coup de chiffon rageur, n'y apparaissant plus derrière Emily, Anne et Charlotte que comme un halo lugubre. Est-ce qu'une vie vécue pour rien peut ainsi disparaître des mémoires ?

⋆

L'Angleterre, c'est le pays du surnaturel, des elfes et des fées. Sous l'influence magique des lieux, les deux amis vivent dans un état d'exaltation permanent. Marguerite développe l'aspect mystique de son caractère, déchiffre les brumes du paysage, voit des signes partout. Vivre auprès d'elle, c'est accéder à la dimension ésotérique de l'existence.

Dans la forêt de Dartmoor, elle se persuade en observant Jerry escalader un rocher vêtu de son pull blanc qu'il est l'officiant d'un culte druidique, un berger gaélique ou l'émanation intemporelle de ce paysage minéral. Lui s'est immobilisé. En contrebas, il a aperçu le cadavre d'une brebis, sans doute tombée du sommet où il se trouve. Il ne peut s'empêcher d'y lire un mauvais augure. Toute la journée, il arbore la mélancolie d'Hamlet.

⋆

Au pied du mur d'Hadrien qui sépare l'Empire romain du monde barbare, à la frontière actuelle de l'Angleterre et de l'Écosse, fiction et réalité, passé et présent se mélangent. Sur le même site, Marguerite revoit Grace, jeune randonneuse intrépide, enturbannée comme une Sibylle parmi les ruines du temple de Mithra.

« Vous imaginez-vous, Jerry, à quelle boucherie ressemblait le taurobole qu'on pratiquait dans le cadre de ce culte ? La bête devait être vidée de son sang pour recouvrir l'initié des pieds à la tête, lui faire une carapace d'hémoglobine caillée. Vous souvenez-vous du passage où Antinoüs se fait initier aux rites mithriaques quelques années après Hadrien ? »

Jerry hoche docilement la tête. Il a enfin terminé *Mémoires d'Hadrien*. Il a eu un mal fou à entrer dans l'œuvre, mais l'histoire d'amour entre l'empereur et Antinoüs a fini par vaincre ses réticences. L'énigmatique suicide de ce dernier – sacrifice de sa jeunesse à l'empereur vieillissant ? Désir d'enrayer le déclin inéluctable de la passion ? – le hante.

« J'ai senti, reprend Marguerite, que pour un être aussi doux qu'Antinoüs, accepter de se laisser ainsi souiller par le sang d'un taureau représentait, dans tous les sens du terme et peut-être plus encore que l'offrande de sa vie, le plus terrifiant et le plus sublime des sacrifices. »

La souillure comme marque d'amour ? Il n'avait encore jamais vu les choses ainsi.

13

« Qu'est-ce que tu comptais faire ? Me rayer de la carte ?

– Parle moins fort. Elle va t'entendre. »

Dans la chambre remplie de fumée, les abat-jour roses font comme un halo.

« Qu'elle m'entende ! Est-ce qu'elle sait que tu as dû annuler nos vacances pour ses beaux yeux ? »

Jerry rallume une cigarette. Maurice le rend fou à tourner comme une mouche.

« Nos histoires ne l'intéressent pas, tu sais.

– Tu veux rire ? Je suis sûr qu'elle se demande où on en est, tous les deux.

– Je ne crois pas. Elle n'est pas exclusive, de toute façon.

– Mais l'idée que je sois jaloux doit la faire jubiler.

– N'importe quoi !

– Je te dis que si. Ça la conforte dans l'idée que votre histoire existe. Que ça n'est pas seulement un fantasme de vieille folle. Il faut que tu lui dises la vérité, Jerry. Vous avez quarante-cinq ans d'écart ! Pas quinze comme nous. Quarante-cinq, bon Dieu !

– Je ne comprends pas ce que tu veux. J'obéis à toutes tes consignes. Je fais en sorte que tu puisses faire ton putain de film sur l'équipée anglaise de Madame. On retourne exprès au mur d'Hadrien. On refait les prises de vues au prieuré de Lanercost. Pour couronner le tout, tu t'offres trois jours en Cumbrie avec moi aux frais de la princesse. Ça ne te suffit pas ?

– Non.

– Tu préfères qu'on s'engueule ou qu'on baise ?

– Je veux que tu rentres. »

Jerry pousse un soupir. Il fait coulisser l'ouvrant de la fenêtre à guillotine. L'air humide de la campagne anglaise s'engouffre.

« Tu sais bien que je ne peux pas rentrer tout de suite.

– Alors quand ?

– C'est l'affaire de six semaines. On sera là pour les fêtes.

– Mais tu ne m'as pas dit que vous repartez aussi sec ?

– Après la réception à l'Académie, oui.

– Vous allez où, cette fois ?

– Maroc et péninsule Ibérique.

– Je te préviens, je vais t'attaquer pour désertion du domicile conjugal.

– Tu ne comprends pas, Maurice. Elle ne supporte plus l'hiver à Petite Plaisance.

– Alors tu vas passer tes automnes et tes hivers à la promener dans tous les coins du globe où il fait meilleur que chez elle ?

– Tu ne crois pas si bien dire. Elle veut faire le tour du monde. Enfin, ce qu'elle nomme le *tour de la prison*.

– Et pendant ce temps-là tu t'imagines que moi, je vais t'attendre dans ma tour ? »

Jerry ne peut s'empêcher de rire d'un rire mauvais.

« J'ai besoin de toi, Jerry, reprend Maurice en changeant de ton.

– Tu me donnes l'impression de te débrouiller très bien tout seul.

– Détrompe-toi. Je ne me sens pas bien, depuis quelque temps.

– Ah ! Ça faisait longtemps.

– Je t'assure. Je ne sais pas ce que j'ai, mais quelque chose ne tourne pas rond.

– Qu'est-ce que tu as ?

– Je ne sais pas, je te dis. C'est cette toux dont je n'arrive pas à me débarrasser. Je me réveille la nuit en nage, avec un goût atroce dans la bouche.

– Tu fumes trop. Et puis tu t'énerves. Viens ici, et calme-toi. »

*

« Vous savez, Jerry, je crois que finalement, je descendrai au Ritz, cet hiver. »

Jerry soupire. Marguerite a dû les entendre hier soir.

« Il n'en est pas question. Nous sommes convenus que vous serez chez nous, rue Pavée.

– J'ai peur de déranger.

– Vous ne dérangez pas. Nous avons une chambre d'ami. »

Si Maurice pouvait la voir à cette minute, il cesserait de croire qu'elle jubile de quoi que ce soit. Elle paraît abattue. Ratatinée, presque. Mais ce n'est pas à cause de Maurice qu'elle se sent triste. Depuis qu'à Petite

Plaisance Jerry lui a offert d'entrer dans sa chambre, ils n'ont plus jamais dormi ensemble. Le soir, avant de la quitter, il l'embrasse sur le front ou la presse un instant contre lui. Des pudeurs inexplicables semblent l'avoir gagné. Craint-il d'avilir leur amour en lui payant son tribut charnel ? Ce platonisme lui siérait mal. Pourtant, elle préfère cette hypothèse à celle d'un rejet qui ne dit pas son nom. Dans un frisson, elle réprime le souvenir d'André Fraigneau la repoussant avec dégoût.

Le soir même, elle n'y tient plus et vient toquer à sa porte. Il lui ouvre, nu sous l'élégant kimono gris qu'elle lui a offert. Il paraît hésiter. Va-t-il lui faire l'outrage de la laisser sur le seuil comme une mendiante ? Au moment où elle s'apprête à faire demi-tour, il l'attire à lui. Il la serre fort, longtemps, pour lui signifier que rien, jamais, n'aura le pouvoir de les séparer.

*

Quelques jours plus tard, par une froide matinée de novembre, ils prennent le ferry pour le Danemark. Les voilà sur les traces des Vikings, de la petite sirène et de Nils Holgersson sur son jars volant. Après une étape à Hambourg, ils sont aux Pays-Bas, sur la sublime île de Texel, pour observer les oiseaux migrateurs qui s'apprêtent à gagner l'Afrique.

Dans ce décor de marais et de dunes inchangé depuis des siècles – pas une ferme qui ne date du XVIIe siècle –, Marguerite se représente la marche vers la mer du Nord de Zénon, cherchant à échapper à ceux qui veulent le jeter dans une geôle. Le héros de *L'Œuvre au noir* est son personnage préféré, celui auquel elle s'identifie le plus.

Elle ferme les yeux, met ses pas dans les siens, laisse le vent et le sable fouetter son visage, la dépouiller de son moi, annihiler tout ce qui la sépare de son cher alchimiste.

Lorsqu'elle est dans cet état de transe, Jerry sait qu'il ne peut l'atteindre.

*

À mesure que la date anniversaire de la mort de Grace approche, des accès de mélancolie la prennent. Le 18 novembre, ils se réfugient dans un grand bois de pins pour se protéger du vent. La voûte formée par les résineux rappelle celle d'une église. Marguerite s'agenouille sur une souche. Dans une sorte de mixture œcuménique, elle marmonne des mantras assaisonnés de patenôtres en songeant à celle avec qui elle a passé plus de la moitié de sa vie.

Jerry a beau avoir rejeté la morale hypocrite de sa religion, il est resté marqué par son éducation méthodiste. Il s'agenouille auprès de Marguerite, la conscience troublée de ne devoir sa félicité présente qu'à la mort de Grace.

« Êtes-vous sûre qu'elle aurait approuvé… ?

– Plus qu'approuvé, mon ami. Elle aurait béni notre compagnonnage. »

Il aimerait la croire. Contrairement à Maurice, il a apprécié Grace, pour le peu de temps qu'il l'a côtoyée. Cette femme rêche, aigrie par la maladie, l'a touché par son franc-parler, son dévouement à Marguerite, sa capacité d'écoute. Cependant, chaque fois qu'il songe à elle, un sentiment d'imposture s'empare de lui. Il l'imagine les observant, lui et Marguerite, avec un sourire plein d'ironie amère. N'est-ce pas sa voix qui se mêle au mugissement du vent ?

Marguerite essuie une larme puis se relève.

« Mes amis me reprochent tacitement d'avoir oublié Grace. Rien de plus faux. Elle est toujours présente en filigrane. À vrai dire, je ne peux vous concevoir l'un sans l'autre. À vous deux, vous formez l'un des plus beaux accords de ma vie. »

14

À Amsterdam, Marguerite a rendez-vous avec Johann Polak, son éditeur hollandais. Celui-ci observe Jerry d'un air circonspect avant de lui tendre la main.

« M. Wilson est mon secrétaire », répond-elle à sa place, avec un geste qui laisse à penser qu'on peut parler devant lui sans se gêner.

Jerry est mortifié. Instinctivement, il comprend qu'il en sera ainsi chaque fois qu'il s'agira de travail. Chaque fois qu'il sera confronté à une figure de la vie littéraire, journalistique ou politique. Il devra se tenir en retrait, sage comme une image et muet comme une carpe.

Il accepte moins facilement de disparaître dans la foule lors de manifestations publiques. À Bruges, une signature en librairie tourne au cauchemar. Les admirateurs de la romancière l'accaparent sans vergogne, penchés sur elle comme s'ils allaient la dévorer. Chacun y va de son anecdote sur le professeur qui a changé sa vie en faisant cours sur *Mémoires d'Hadrien* ou le jour marqué d'une pierre blanche où il a découvert *Le Coup de grâce.*

« Selon moi, c'est bien simple, il y a un avant et un après *L'Œuvre au noir* », pérore d'une voix de stentor un lecteur survolté.

Jerry voudrait gifler ce snob. Dans un coin, il vide

les petits verres de genièvre mis à la disposition des clients de la librairie, sans quitter Marguerite des yeux. Il constate qu'elle regarde tous ceux qui lui parlent comme elle l'a d'abord regardé, lui. Elle les séduit par son sourire, son esprit, l'enveloppement distingué de sa voix. Une nuit se fait autour des deux interlocuteurs. Plus rien n'existe que ce lien fort et fragile qui les unit. Il voudrait rallumer la lumière et chasser tous ces parasites.

Il y a des types de lecteurs qu'il a appris à reconnaître. Le prof de latin à la retraite. L'étudiante exaltée avec son mémoire de maîtrise sous le bras. Le fan gay. Celui-là surtout l'exaspère, à vouloir faire de Marguerite une icône, la Barbra Streisand des lettres. Justement, en voici un échantillon particulièrement collant. Cette espèce de salsifis longiligne et blanchâtre n'en finit plus de décrire à la romancière sa collection de cartes postales d'Antinoüs.

À bout de nerfs, Jerry quitte la librairie. Il s'attable dans un estaminet pour continuer à boire du genièvre. Puis il se perd dans la vieille ville. La Venise du Nord, la ville préférée de Marguerite, lui fait soudain horreur avec son charme de carte postale, ses rues proprettes et ses façades de brique rouge festonnées de lierre. Il étouffe. Passe et repasse les mêmes ponts. Traverse en tous sens le béguinage jonché de feuilles mortes. Rentre totalement ivre au Pand Hotel où Marguerite l'attend dans l'un des luxueux salons.

« Où étiez-vous ? Vous voulez me faire mourir d'inquiétude ?

– C'est la dernière fois que vous m'infligez ce genre de séance.

– Croyez-vous que c'est une partie de plaisir pour moi ? J'étais à l'agonie ! »

Il ne la croit pas. Il a vu avec quelle bonne humeur elle se livrait à l'exercice. Comment lui jeter la pierre ? N'a-t-elle pas été sevrée de tout contact direct avec ses lecteurs pendant ses années américaines ? Mais il l'a appris à ses dépens, elle est sensible à la flatterie. Pire. Marguerite a beau ne jurer que par la simplicité, Yourcenar, elle, est capable de snobisme.

Le malentendu s'accuse. Jerry prend la mesure du nombre impressionnant d'amitiés que sa compagne entretient en Europe. Elle a eu une vie, ici, alors qu'il n'était même pas né. Un demi-siècle les sépare. Il ne cesse de faire des calculs absurdes : sa mère avait cinq ans quand Marguerite avait l'âge qu'il a aujourd'hui. Il avait deux ans quand elle a connu la consécration avec *Mémoires d'Hadrien*… jamais ils n'appartiendront à la même strate temporelle.

Et puis sur le Vieux Continent, elle lui paraît moins disponible. Elle a des rendez-vous professionnels, des personnalités à honorer d'une visite. Ils n'y peuvent rien ni l'un ni l'autre. Il n'empêche que ces obligations insupportent Jerry.

Le sentant, Marguerite cherche à se dévouer un peu plus à son cher ange mais elle ne réussit qu'à aggraver sa mauvaise humeur. Il en a assez d'être le petit sauvage qu'elle éduque. Elle ne lui épargne aucun monument, aucun musée. Exige de revenir le lendemain si elle a manqué une salle ou veut revoir une statue qui a piqué sa curiosité.

Comme tant d'auteurs, elle lui parle de ses livres

comme s'il était évident qu'il les avait tous lus. Est-il censé se promener dans son œuvre avec la même aisance qu'elle ? Au Mauritshuis de La Haye, où elle a tenu à lui montrer les *Deux Noirs* de Rembrandt jadis admirés avec Grace, elle s'est lancée dans une véritable conférence. Mesquinement, il se dit qu'il lui sert d'exutoire. Elle pourrait s'adresser à n'importe qui, y compris à son propre reflet. Un peu partout, dans une sorte de fétichisme narcissique et morbide, elle lui fait toucher du doigt les traces de son propre passé, convoque un souvenir de Grace, lui signale la présence dans telle rue de Zénon ou de Nathanaël, le héros du récit qu'elle est en train d'écrire. Il en vient à penser que sa fonction première est de l'assister dans ses hallucinations.

Finalement, c'est au sein de la nature qu'il apprécie le mieux sa compagnie. Leur visite de la réserve ornithologique du Zwin est paradisiaque. Le conservateur, Guido Burggraeve, qu'il comprenne ou non la relation qui unit Marguerite à son « ami », se montre d'une délicatesse infinie. D'emblée il traite Jerry comme un égal de Marguerite, un hôte de marque, non un vulgaire subalterne. Mis en confiance, Jerry impressionne le vieux monsieur par ses connaissances sur la reproduction des avocettes, la nidification des oies sauvages, son aptitude à distinguer au premier coup d'œil la fauvette babillarde et la fauvette des jardins.

Si la campagne l'apaise, les villes, elles, offrent trop d'occasions de tentations. Hambourg et sa vie noctambule frénétique, Amsterdam et son quartier rouge, Bruxelles et ses bars gays bordant la Grand-Place l'attirent comme un insecte la lumière. Il ne tiendra plus très longtemps à se coucher de bonne heure. Il le sait, son retour dans le Marais le précipitera de nouveau dans ce quotidien effervescent fait de rendez-vous dans des bars et d'après-midis au sauna. Alors, tant que dure ce voyage du moins, il s'efforce de continuer à jouer le rôle du chevalier servant.

★

Quelque chose remue en elle. La rotondité de cette prairie. Oui, bien sûr. C'est là qu'elle jouait avec la chèvre aux cornes d'or. Quel âge avait-elle ? Cinq ans ? Six ?

Jerry se tient à côté d'elle, prêt à la soutenir si elle défaille.

« Vous reconnaissez quelque chose ?

– La forme des collines.

– Ces arbres sont magnifiques.

– Ce ne sont pas ceux que j'ai connus. Les nôtres ont été détruits par les bombes pendant la Grande Guerre. Tout comme le château.

– Quel dommage qu'ils ne l'aient pas reconstruit.

– Ce n'est pas une aussi grande perte que les arbres, croyez-moi. »

Elle plisse les yeux, comme si elle cherchait à recréer, à l'horizon, la silhouette sombre du Mont-Noir, cette demeure néo-Renaissance prétentieuse, avec sa tourelle d'angle et ses fenêtres à meneaux. Elle revoit sa grand-mère, la sinistre Noémi, guettant son retour par la fenêtre, prête à répandre son fiel sur l'absence d'éducation de cette petite-fille débraillée, incessamment mêlée aux jeux d'enfants de paysans.

« Vous êtes sûre que tout va bien ?

– Parfaitement, oui. Apportez-moi une autre coupe de champagne. »

Les habitants de Bailleul, cette petite commune à quelques kilomètres de la frontière franco-belge, notables, employés de mairie et agriculteurs à la retraite mêlés, ont repris une respectueuse distance après la photographie officielle, intimidés de voir revenir au Mont-Noir celle qui a quitté la région près de soixante-dix ans plus tôt.

« Bonjour, Marguerite. »

Une petite vieille s'avance vers elle, bras tendus, ridée comme une pomme.

« Vous ne me remettez pas ? »

Elle reste interdite.

« Marie Joye, la fille du garde-chasse. »

Marguerite attrape ses mains et la regarde intensément. À ses yeux malicieux, elle reconnaît la compagne de ses jeux d'enfance. Mais elle ne peut croire qu'elle soit désormais cette vieillarde d'apparence centenaire. Elle continue à lui sourire en lui secouant les mains, à mi-chemin entre la gratitude et la panique, hochant la tête à chaque « Vous vous souvenez quand ? », tandis que les flashes de la presse locale immortalisent les retrouvailles.

En voyant Jerry s'avancer une coupe à la main, une image lui revient. Une procession religieuse dans les allées du Mont-Noir. Elle était la reine de la fête, promenée sur le dos de son âne Printemps, somptueusement déguisée en Élisabeth de Hongrie. Elle revoit un petit paysan, déguisé en saint Jean-Baptiste, la poitrine nue à moitié couverte d'une peau de mouton. Il lui avait semblé si beau ! Peut-être est-il six pieds sous terre, à présent. Ou là-bas dans l'assistance, parmi ces hommes au visage et au corps déformés par le travail et les saisons.

« Rentrons, Jerry. Paris nous attend. »

*

Dans la voiture, elle s'observe à la dérobée dans le rétroviseur.

« Dites-moi, je ne ressemble tout de même pas à tous ces grabataires ? »

Il fait une moue, comme s'il hésitait, puis éclate de rire devant son air scandalisé.

« Rassurez-vous, vous en êtes loin.

– Vous dites cela pour me faire plaisir, méchant que vous êtes. De Gaulle avait raison de déclarer que la vieillesse est un naufrage.

– C'est bien pour ça que je veux partir avant. Décrépitude ? Dépendance ? *No way.* »

Elle songe au petit Jean-Baptiste. Au *Bacchus* de Léonard de Vinci qu'elle a tant admiré adolescente au Louvre. Décidément, seuls les souvenirs et les œuvres d'art échappent aux sournois méfaits du temps.

15

Paris. Contre toute attente, le séjour rue Pavée est une cure de jouvence.

Maurice, rasséréné par la présence de Jerry, est dans de meilleures dispositions vis-à-vis de Marguerite. La situation de son appartement en plein Marais en fait le QG idéal pour leurs amis. Fêtards et homosexuels pour la plupart, ils passent boire un verre avant de disparaître au Village ou au Central, les premiers bars gays du quartier. Ils reviennent le lendemain midi, les narines encore poudrées de cocaïne après une longue nuit au Palace.

D'abord intimidés par Marguerite, ils font bientôt d'elle la reine de leur ruche bourdonnante. L'intérêt de cette nouvelle génération la flatte et lui permet de reprendre son souffle, entre les événements officiels qu'elle doit assumer. Jerry lui a déjà beaucoup parlé de Jean-Marie Grénier, un ami photographe qui parcourt le monde afin de réaliser des films pour Air France. Il y a aussi le compagnon de ce dernier, Christian Lahache, gamin facétieux et plein d'esprit. Et puis la joyeuse Sabine Mignot, seule femme de la bande, décoratrice de télévision qui a réalisé le générique de *L'Île aux enfants* et a travaillé pour *Gospel Caravan*.

Marguerite remarque que Jerry n'a pas le même comportement avec eux. Très à l'aise, le cow-boy, comme ils l'appellent, saisit au vol les plaisanteries les plus graveleuses, répond un « *Fuck you* » hilare à la moindre allusion à ses faits d'armes en matière de séduction.

Elle soupçonne Jean-Marie et Christian d'être ses amants. À moins qu'ils ne soient ceux de Maurice ? Au fond peu lui importe. C'est, remise au goût du jour et sans danger de mort, la secte des Anges de *L'Œuvre au noir*, séduisant mélange d'hédonisme et d'innocente perversité.

Parmi les habitués de la rue Pavée, beaucoup ont lu au moins une de ses œuvres. Assis en cercle autour d'elle, ils lui font part de leur admiration.

« On ne vous a jamais reproché le fait que tous vos héros sont homosexuels ?

– Bisexuels, plus exactement.

– Oui enfin, la bisexualité…

– Laissez-la parler !

– Jamais, se défend Marguerite. À partir du moment où les choses sont dites sans vulgarité, telles que la vie nous les donne à voir, qu'y trouver à redire ? Et puis si vous m'avez lue, vous savez que je n'aime pas les étiquettes.

– Vous le dites dans la préface d'*Alexis*.

– Exactement. Il y a des corps. Des désirs. C'est tout. Ne laissons pas la médecine et la psychologie venir piétiner cela de leurs gros sabots.

– Qui était-ce, cet Alexis ? Il a vraiment existé ?

– Au départ, c'était un jeune homme qui m'avait

émue. Il avait ce qu'on appelait à l'époque des goûts "antiphysiques". Je devais avoir vingt-quatre ans. J'ai senti qu'il ne voudrait jamais de moi… mais pour mieux comprendre ce qui m'arrivait, pour mieux dire son histoire aussi, j'ai eu besoin de la projeter dans un passé plus lointain. Ses traits se sont alors confondus avec ceux d'un dénommé Conrad de Vietinghoff. Conrad était l'époux d'une maîtresse de mon père, une certaine Jeanne, que j'admirais beaucoup. Mon père m'avait confié les difficultés conjugales de sa maîtresse…

– Oh là là, c'est compliqué.

– J'y reviendrai dans le troisième volume de mon autobiographie familiale. Si je parviens à m'y remettre sérieusement… Mais sinon, vous pouvez toujours lire mes entretiens avec Matthieu Galey. »

Elle a soudain pris un air pincé.

Depuis un an, ses relations avec le critique littéraire se sont détériorées. Au cours des derniers mois, il l'a harcelée jusqu'au bout du monde pour qu'elle relise les épreuves de son livre et corrige de prétendues fautes de français. Et puis il ne lui a pas demandé son accord pour présenter *Les Yeux ouverts* sous son nom à elle, inscrit en énorme – et avec, pour la première fois, la mention publicitaire « de l'Académie française ».

Elle déteste cette couverture. Son portrait photographique par Gisèle Freund lui semble raté, terriblement ingrat. Et lui répéter que le livre est un best-seller – *aucun de ses livres ne se vend aussi bien que celui-ci* – ne fait rien pour arranger son humeur. Aussi a-t-elle passé le message à Jerry et Maurice que s'il appelait, elle ne souhaitait pas lui parler.

*

« Mme Yourcenar n'est pas là.

– Mais vous me confirmez que c'est bien chez vous qu'elle est descendue ?

– Pardonnez-moi, je ne réponds pas aux questions des journalistes.

– Vous me prenez pour un de ces paparazzi ?

– Je ne vous prends pour rien du tout. Seulement j'aimerais savoir comment vous vous êtes procuré mon numéro de téléphone.

– C'est elle qui me l'a donné ! Marguerite est mon amie. Écoutez, il faut absolument que je lui parle. Dites-lui de me rappeler, impérativement. Matthieu Galey. Vous entendez ? »

Maurice raccroche. Il regarde Jerry, qui tenait l'écouteur, et Marguerite, assise un peu plus loin dans un fauteuil. Tous trois se mettent à pouffer.

« Vous vouliez vous débarrasser de lui ? C'est chose faite.

– Je n'en suis pas si sûre. Vous ne le connaissez pas, il est terriblement insistant.

– Il faut frapper plus fort », déclare Jerry, l'air sombre.

Le jeune homme en a fait une affaire personnelle. Maurice lui a rapporté que Matthieu Galey se répandait dans tout Paris en horreurs sur Marguerite. Vexé par un silence qui perdure, plus sarcastique que jamais, Galey moque l'ego surdimensionné de la première académicienne, ses accoutrements ridicules et même ses expressions « à la limite de l'incorrection ». C'est le comble, quand même les pires adversaires de Yourcenar louent l'exigence de son style.

Marguerite a raconté à Jerry la colère dans laquelle l'avait mise le journaliste en prenant sans la consulter des décisions éditoriales au sujet des *Yeux ouverts*. En parcourant l'ouvrage, Jerry s'alarme du degré de confiance et d'intimité que présupposent de tels échanges. Une fois de plus, il redoute de n'être que le favori du moment. Alors il s'acharne contre Galey. Travaille à rendre sa disgrâce irrévocable. Marguerite est attendue chez Pivot en janvier pour parler de son essai sur Mishima ? Bien. Elle n'a qu'à refuser la présence de Matthieu Galey sur le plateau.

« Mais il a eu vent de l'émission, proteste-t-elle. C'est bien pour cela qu'il rappelle. Il lui est inconcevable de ne pas être de la partie.

– Raison de plus. La rupture sera consommée.

– Est-ce que nous voulons aller jusque-là ? »

Jerry ne s'abaisse pas à répondre. Marguerite se le tient pour dit.

Elle ne devine pas que son protégé a besoin d'un bouc émissaire pour venger les humiliations dont il s'estime victime depuis leur arrivée à Paris. Qu'il ne soit pas invité à l'Élysée, il le comprend parfaitement. Mais que Marguerite, quand il la conduit chez Claude et Colette Gallimard où elle est invitée à dîner, le présente comme son chauffeur, ça lui reste en travers de la gorge. Chez les hôtes de marque, il n'est rien. Pour un peu, il s'attendrait à ce qu'on lui serve un reste de poulet à l'office.

« Vous ne vous amuseriez pas, lui répète Marguerite. Tous ces dîners sont si guindés !

– On dirait que vous avez honte de moi.

– Je vous ménage. Que gagneriez-vous à être ainsi jeté sous le feu des projecteurs ?

– Vous m'avez ordonné de ne pas ouvrir la bouche. Je dois passer pour un demeuré.

– Croyez-moi, on a autre chose à penser.

– J'ai bien vu qu'on m'observait comme une bête curieuse. Ils doivent se demander ce que je suis pour vous. Un valet de pied ?

– Mais non, Jerry. La vérité est si éloignée de leurs représentations étriquées, il ne leur viendrait même pas à l'idée que vous puissiez être autre chose qu'une sorte de secrétaire.

– C'est bien ce que je suis, non ?

– Taisez-vous. Vous avez la meilleure part et vous le savez. Dois-je vous redire tout ce que je ressens pour vous ? »

16

Voir. Revoir. Re-revoir. C'est une fièvre. Un prurit. Une consolation aussi, après les mondanités forcées, les tensions de la rue Pavée et les pompes de la Coupole.

Le voyage, ils le sentent, est la raison d'être de leur improbable couple. Mieux que le condiment de l'amour, son nutriment.

Alors ils égrènent les destinations comme les perles d'un chapelet. Angers, Cahors, Albi, où ils s'émeuvent devant les prostituées du musée Toulouse-Lautrec et restent figés d'horreur devant la fresque du Jugement dernier, à la cathédrale Sainte-Cécile. Lascaux, Apt, Saint-Tropez, où ils toquent par surprise chez Brigitte Bardot, un soir de pluie, charmés par la simplicité proverbiale de l'actrice dont Marguerite admire les combats pour la cause animale.

À Saint-Paul-de-Vence, ils rendent visite à James Baldwin. C'est une connaissance de Jerry, tout fier de présenter une célébrité à Marguerite. La romancière admire les mains viriles et gracieuses du grand écrivain noir, ses yeux fiévreux, lourds d'intelligence furieuse. Jerry incite Baldwin à raconter son enfance à Harlem, sa vie avec Marlon Brando à Greenwich Village et ses années de dèche à Paris, la violence, l'exclusion, le racisme.

Ensuite, c'est l'embarquement à Marseille, la traversée de la grande bleue, la lumière blanche et crue du Maghreb. Alger. Oran. Taroudant où ils s'attardent au somptueux palais Salam transformé en hôtel, le temps pour elle de rédiger la préface de *Comme l'eau qui coule*, trilogie dont *Un homme obscur* doit être la pièce maîtresse.

Ils visitent Fès, Agadir, l'oued de Massa où Jerry photographie des flamants roses, Essaouira la venteuse, avec ses remparts immortalisés par Orson Welles dans *Othello*. Sur le marché, ils manquent de se trouver mal dans l'odeur des sardines éventrées en plein soleil.

Puis les voilà en Espagne. Gibraltar, Cadix, Ronda. L'Alhambra de Grenade les projette en plein rêve oriental. Ils se perdent sous les voûtes tortueuses de la mosquée-cathédrale de Cordoue. À Séville, ils fêtent les trente-deux ans de Jerry dans un rustique bar à tapas.

Marguerite fait voir à Jerry le buste d'Hadrien au Musée archéologique. Elle se fait conduire à Italica, où est né l'empereur romain. Comme toujours, Marguerite vit dans l'espace mental de ses romans. Lui, d'humeur presque constante, tient un compte méticuleux de leurs visites, se promettant de tout prolonger par des lectures, des albums illustrés de photos.

Le retour à Paris se fait par le Portugal, où ils touchent les portes du paradis lors d'un concert d'Amália Rodrigues.

Mais à peine ont-ils posé leurs valises rue Pavée

que le démon du voyage les reprend. Jerry donnerait n'importe quoi pour échapper à Maurice. Ce dernier recommence à lui faire du chantage en évoquant un état de santé qui se dégrade mystérieusement.

Quant à Marguerite, elle veut revoir tout ce qu'elle a vu cet automne.

« C'est comme si je ne l'avais jamais vu, tente-t-elle de persuader un Maurice effrayé par cette boulimie. Vous comprenez ? Le changement de saison métamorphose tout. »

Il y a aussi qu'elle ne veut toujours pas entendre parler d'avion. Il faut reprendre le bateau pour l'Amérique depuis l'Angleterre. Alors ils refont tout leur itinéraire de l'automne précédent en sens inverse. Bruges. L'île de Texel et ses oiseaux qui remontent d'Afrique. Salisbury. Stonehenge, que Marguerite appelle son *site préféré au monde*.

C'est déjà le pèlerinage du pèlerinage. La fixation ne peut plus se faire seulement par l'écriture. Le prolongement du vécu doit être du vécu, lui aussi.

« Nous reviendrons, n'est-ce pas Jerry ? » répète-t-elle comme une fillette anxieuse.

Promettre de revenir. Et ne pas se contenter de promettre : revenir effectivement. C'est le seul moyen, croit-elle, de s'assurer qu'elle n'a pas rêvé. De rêver encore. D'inscrire dans sa chair les choses les plus délébiles qui soient – un paysage, un vol de cygnes, une impression soleil levant. Alors elle absorbe. Concentrée. Mystique. Extatique.

*

Retour en Amérique.

Avant de quitter New York, ils s'arrêtent à la Frick Collection.

« Alors ? Ne vous fait-il penser à personne ? »

Elle déborde d'émotion tandis que Jerry se fige devant le tableau de Rembrandt.

« Je ne sais pas. Je suis censé reconnaître quelqu'un ?

– Vous ne trouvez pas qu'il vous ressemble ? »

L'exultation se lit sur son visage. La confrontation de Jerry avec le *Cavalier polonais* est encore plus stupéfiante que tout ce qu'elle avait imaginé.

« Avec beaucoup d'imagination, peut-être…

– Non mais regardez ce nez. Ces lèvres ! Ce regard !

– Oui, peut-être. Enfin sa coiffure est ridicule. Qu'est-ce que c'est que cette perruque ?

– Un bonnet de fourrure. Ses cheveux commencent ici. Regardez mieux. »

Il s'approche. Scrute suspicieusement le cavalier.

« Qu'est-ce qu'il fait, dans ce paysage dévasté ?

– C'est un mystère. Il semble annoncer quelque chose.

– L'apocalypse ?

– Quelque chose de sombre, assurément.

– Je ne suis pas sûr d'aimer ce tableau. *Let's go back home.* »

*

Le bonheur est-il autre chose qu'une illusion rétrospective ? Quand bien même on saurait qu'on est heureux à un certain moment, ce sentiment serait encore altéré par la conscience qu'on en a, la crainte qu'il ne s'arrête, voire l'impression étrange que le ver est déjà dans le fruit.

Ce printemps 81 représente l'acmé euphorique de la passion de Marguerite pour Jerry. Elle le sent. Elle se le dit sur le coup, en touchant le collier d'or qu'il lui a offert avec l'argent économisé sur le budget prévisionnel du voyage. Dix-huit mois de bonheur. Inestimable trésor, que les flammes de l'enfer même ne suffiraient pas à payer.

Elle s'observe dans la glace, fière des dix kilos qu'elle a perdus.

Elle relit avec étonnement ce qu'elle a écrit deux ans plus tôt dans son carnet, à propos de la répulsion inspirée par le mélange d'une chair vieillie et d'une chair jeune.

Dans la marge, elle corrige :

La sensualité dure autant que la vie, plus ou moins forte selon les individus, et on est sans cesse forcé d'en tenir compte. J'ai appris à connaître que l'érotisme demeure un rite sacré jusqu'à la fin des jours. Ce dont j'avais cru m'évader est miraculeusement revenu.

Vivre avec Jerry à Monts-Déserts. Elle ne veut rien de plus en cette saison. Après ces mois d'errance, elle n'aurait pas cru qu'il serait si doux de retrouver son port d'attache.

Le jardin n'a jamais été aussi beau. Torse nu, Jerry taille les haies ou arrose les fleurs tandis qu'elle écrit ou fait des tartes aux fruits.

Il est plus matinal qu'avant. Prend parfois plaisir à allumer le four à sa place, à pétrir le pain avec elle. Il est fasciné par la transformation de la pâte, l'opération alchimique par laquelle la mixture cesse de coller et lève, sous la pression aimante des mains.

Certains matins, elle le surprend debout avant elle. Il paraît ronger son frein.

« On va voir le lever du soleil ? *Hurry up!* »

Le mont Cadillac est leur kilomètre zéro. Le temple ouvert à tout vent où a commencé leur voyage sacré. Elle ne se lasse pas d'y voir les ombres se mouvoir sur les flots noirs, de guetter le profil si pur de Jerry se franger d'or quand le soleil sort de l'eau.

*

À Petite Plaisance, Jerry règne désormais en maître. Jeannie et DeeDee s'inquiètent de le voir prendre ses aises plus encore que l'an dernier. Il parle sèchement au personnel de la maison, comme s'il cherchait à se venger de son rôle subalterne sur le Vieux Continent. Dès qu'elles se croisent dans les couloirs de la maison, elles le critiquent.

« Vous avez entendu sur quel ton il m'a demandé de ne plus toucher au téléphone ? "C'est moi désormais qui prends les appels pour Madame. C'est clair Jeannie ?"

– Mon Dieu ! On se demande ce qu'elle lui trouve.

– Vous voulez dire en termes de caractère ?

– De caractère et de tout le reste. Elle le surnomme son Antinoüs. Mais entre nous qu'est-ce qu'il a pour lui, en dehors de sa jeunesse ?

– Vous exagérez, DeeDee. Il est beau garçon.

– Il est terne. Et il n'a pas les traits fins.

– Il a de beaux yeux.

– Inexpressifs. Quand il me regarde, j'ai l'impression qu'il me transperce avec une épée de glace.

– Vous n'êtes pas son genre.

– Et il n'est pas le mien, c'est sûr. Je me demande parfois s'il n'est pas un peu bête. »

*

Depuis que Marguerite a rencontré Jerry, l'écriture est passée au second plan. Elle n'a pas disparu, elle semble seulement moins importante que la vie. Écrire suppose une mise en retrait minimale par rapport aux sollicitations de l'instant présent. Or tant de sensations la requièrent ! Elle n'est plus sûre de la capacité des mots à s'en saisir, ni même à les recréer après coup. La pleine conscience prônée par les sagesses orientales suppose paradoxalement que soit mis entre parenthèses le dédoublement psychique qui préside à toute vie d'écrivain. Désormais, elle veut n'être plus que cette femme qui dit oui à tout ce qui lui advient !

Le retour de Maurice en juin vient interrompre cette belle harmonie. Il a prévu de ne rester que cinq jours, puis de remmener Jerry à Paris pour l'été. Marguerite n'est pas jalouse. Elle regrette seulement l'animosité de Maurice envers elle, de nouveau palpable. Comme la configuration des choses a changé depuis leur première visite, trois ans plus tôt…

Jerry explique à Marguerite que c'est l'état de santé de Maurice qui altère son humeur. Une bronchite chronique l'empêche de dormir. Marguerite s'efforce d'étendre au quadragénaire sa sollicitude maternelle. Elle s'inquiète de son confort. Fait cuire pour lui du sarrasin grillé dans du lait avec du miel et de la cannelle. Mais même radouci, Maurice est devenu taciturne. La perspective d'un prochain scanner couvre son front d'un nuage permanent.

*

Rendue à sa solitude pour tout l'été, Marguerite retrouve le chemin de l'écriture. Dans la joie et la sérénité, elle achève *Un homme obscur*. Elle est persuadée qu'elle tient là l'un de ses meilleurs récits. La dédicace à Jerry s'impose comme une évidence. Sa figure s'est fondue à celle de Nathanaël, le doux blond dont l'existence pèse moins qu'une plume dans ce tumultueux XVIIe siècle. Se reconnaîtra-t-il ? La reconnaîtra-t-il sous les traits de l'imposante Mme d'Ailly qui étreint le héros sur le seuil de sa chambre, comme elle l'a embrassé, l'automne dernier, dans cette auberge anglaise ? À sa différence, Mme d'Ailly parvient à sublimer ses désirs. Son baiser est un baiser d'adieu. Ce récit est-il une façon pour Marguerite de s'exhorter à la séparation dans un avenir plus ou moins proche ?

En attendant son retour et le prochain voyage d'automne, elle se lance enfin dans le dernier volet de sa trilogie personnelle, *Quoi ? L'Éternité*.

Voici des années que le titre est annoncé. Jusqu'ici, elle a répugné à parler d'elle-même. Dans les deux premiers volumes du *Labyrinthe du monde*, elle n'a évoqué que ses ascendants, sa mère absente depuis toujours, son père chéri et omniprésent. Mais la voilà enfin prête à se retourner sur son enfance. La petite fille curieuse de tout et déjà grande amoureuse de la nature lui paraît soudain si proche qu'elle a l'impression de la voir lui sourire. Son récent passage par le Mont-Noir a fait remonter des images. Elle ne sait pas où elle va, ni combien de temps sera nécessaire à l'achèvement. Mais l'amour la porte, dope sa confiance en l'avenir. Elle se sent plus en forme que jamais. Les idées claires. L'énergie intacte.

Comment le saurait-elle ? C'est le calme avant la tempête.

Les prisons du bout du monde

« Il en est de vos âges d'or comme de Damas et de Constantinople qui sont belles à distance ; il faut marcher dans leurs rues pour voir leurs lépreux et leurs chiens crevés. »

Marguerite Yourcenar, *L'Œuvre au noir.*

17

Jerry s'est coupé les cheveux.

Marguerite a failli s'étrangler en l'apercevant à la porte.

Dans la lumière déclinante, ses traits lui ont paru plus durs, ses joues plus creuses. Jerry a perdu sa blondeur. Cette sévérité a beau accuser sa ressemblance avec André Fraigneau, il est impossible à Marguerite de ne pas y lire le signe d'une inquiétante métamorphose.

Bientôt nous plongerons dans les froides ténèbres ;
Adieu, vive clarté de nos étés trop courts !
J'entends déjà tomber avec des chocs funèbres
Le bois retentissant sur le pavé des cours.

Chaque année en cette saison, les vers de Baudelaire reviennent la hanter. Son hypocondrie menace et les matins brumeux l'emplissent de mélancolie.

Octobre compte encore de beaux jours, pourtant. Alors elle s'exhorte à la joie.

En Angleterre, elle revoit pour la énième fois les lieux préférés de Grace, dont elle voudrait qu'ils soient aussi ceux de Jerry. Elle compose d'une traite *Une belle matinée*, le dernier volet de *Comme l'eau qui coule.* C'est le récit d'une vocation de comédien dans l'Angleterre élisabéthaine. Le protagoniste en est le fils de Nathanaël : la vie continue.

Pendant ce temps, Jerry lit le récit qu'elle lui a dédié. Avec un peu d'appréhension, elle attend sa réaction.

« C'est très beau, lâche-t-il d'un air sombre.

– Rien ne vous a frappé ?

– Quelque chose aurait dû me frapper ?

– Nathanaël ne vous fait penser à personne ?

– Ne me dites pas que je suis censé lui ressembler, à lui aussi ? »

Elle acquiesce muettement.

« Votre personnage meurt à vingt-huit ans. Pourquoi l'avoir fait mourir si jeune ? »

Elle se sent percée à jour. Mais n'est-ce pas lui qui lui a inspiré ce dénouement en lui avouant son pressentiment d'une mort précoce ?

« Je vous rassure, je ne me suis pas senti visé. Mais la pleurésie, pourquoi ?

– Je ne vois pas où vous voulez en venir.

– Ah non, vous ne voyez pas ? Et Maurice ? »

Elle proteste, déstabilisée. Elle n'a jamais pensé à Maurice. Mais Jerry hausse les épaules, comme s'il ne la croyait pas.

⋆

À Paris, elle est obligée de constater que l'état de Maurice s'est encore aggravé. Il a été opéré d'une tumeur à l'hôpital américain et subit maintenant l'effet des traitements radiologiques. Il a beaucoup maigri, se plaint de maux de tête, de brûlures cutanées. Impossible pour elle de ne pas songer à Grace. Impossible, *a fortiori*, de prolonger son séjour rue Pavée. Après une scène épouvantable entre Maurice et Jerry – elle s'est demandé s'ils avaient oublié sa présence ou étaient au contraire stimulés par elle –, elle déménage.

Une culpabilité diffuse la travaille. Désireuse de s'amender, elle rappelle Matthieu Galey et l'invite à venir boire le thé dans l'élégant petit hôtel où elle a élu domicile, rue de l'Université. Elle n'en dit rien à Jerry, qui n'approuverait pas sa démarche.

Le critique lui semble fatigué et sur la défensive. Pour masquer son malaise, Marguerite monopolise la parole. Elle raconte les voyages passés – « Vous connaissez le Maroc ? » – et à venir – « Vous connaissez le Japon ? ».

Il la questionne sur ses projets littéraires, la laisse s'embourber à propos de *Quoi ? L'Éternité* dont elle lui parle depuis des années et qui ne semble pas plus avancé qu'au premier jour. Il finit par mettre les pieds dans le plat en lui demandant pourquoi elle a tant pris ombrage des *Yeux ouverts*, un opus tout à sa gloire qui ne cesse de lui valoir de nouveaux lecteurs.

« Vous avez raison, dit-elle en changeant de ton. Ce livre m'a fait faire de belles rencontres. Une, en particulier, avec une infirmière hollandaise. Elle m'a écrit qu'elle lisait des extraits des *Yeux ouverts* à ses patients et que cela valait tous les médicaments du monde.

– Je suis heureux de l'apprendre.

– Mais laissez-moi vous raconter autre chose. En Hollande, sur un plateau de télévision, on m'a demandé de lire les dernières pages. Celles où vous me faites parler de la mort. Je n'ai jamais été aussi gênée de ma vie. Mortifiée, même. »

Galey tournicote sa moustache entre le pouce et l'index.

« Je ne comprends pas pourquoi.

– Vous le savez, je ne supporte pas d'évoquer ce sujet.

– Mais la mort occupe une place centrale dans votre œuvre !

– C'est tout à fait différent. Du temps de ma grand-mère, dans la bourgeoisie, on parlait de la mort avec l'insistance obscène, la complaisance voluptueuse qu'on met aujourd'hui à parler de sexualité. Il n'était question que de morts en couches, d'obsèques ostentatoires, de registres de deuil. J'ai tout cela en horreur. »

La mauvaise foi de Marguerite est déconcertante. Tout le propos de *Mémoires d'Hadrien*, pour n'en rester qu'à ce seul livre, ne consiste-t-il pas à tâcher de regarder la mort en face ? N'est-ce pas ce qui est à l'origine même du titre qu'ils ont donné à ces entretiens ?

« Enfin, vous les avez lues, ces pages, n'est-ce pas ?

– Mise au pied du mur et devant les caméras de télévision, oui. Avais-je le choix ? »

La fin de la brouille n'est pas pour aujourd'hui.

*

Novembre 81. Deux ans déjà depuis le départ de Grace. Comme pour marquer ce sombre anniversaire, Maurice est de nouveau hospitalisé. L'euphorie forcée des fêtes donne envie de prendre la fuite.

Juste avant Noël, une soirée de soutien au syndicat polonais Solidarność est organisée à l'opéra Garnier. Invitée d'honneur, Marguerite y traîne Jerry. Il y a là tout le gratin du show-biz, le ban et l'arrière-ban de la Mitterandie, Régis Debray, Jacques Attali, Jacques Delors. Elle croit faire plaisir à Jerry en s'affichant avec lui. Insupporté par ce cocktail de paillettes et de grandes causes humanitaires, il ne desserre pas les dents. Un photographe leur demande de prendre la pose dans leur loge. Il s'écarte d'elle instinctivement.

« Enfin qu'avez-vous, Jerry ?

– Vous me le demandez ? Je ne tiens pas à me retrouver dans les pages *people* de *Paris Match* pendant que Maurice est à l'hôpital. »

18

« Désolé, ce n'est vraiment pas la meilleure saison pour visiter la région. »

Paolo Zacchera remet une bûche dans la cheminée et se frotte les mains en soufflant.

« J'espère au moins que vous n'allez pas attraper froid. »

Dans le rocking-chair dont elle a naturellement pris possession, emmitouflée dans ses châles, Marguerite se balance, le sourire aux lèvres. Elle n'a pas revu Paolo depuis l'hiver 79. Pourtant, ils n'ont cessé de correspondre. C'est à lui, le premier, qu'elle a écrit la mort de Grace. Depuis, de loin en loin mais fidèlement, ils ont échangé nouvelles et conseils d'horticulture. Elle a l'impression de tout savoir de Paolo, de sa vie de pépiniériste désormais sédentarisé, de son environnement magique, sur les bords du lac Majeur.

« Ne vous inquiétez pas, Paolo. Le but était seulement de faire une halte avant d'atteindre Venise. Et bien sûr de rencontrer enfin votre épouse. »

Elle tourne la tête vers la jeune femme en train de préparer le thé.

« Ilaria aussi voulait faire votre connaissance. Elle a tant entendu parler de vous !

– C'est vrai, répond l'intéressée. Et on tenait tellement à faire de la navigation sur le lac…

– Entre la pluie et la brume, on ne voit pas à un mètre devant soi, intervient Paolo.

– Ce sera pour une prochaine fois, dit Marguerite. Nous comptions justement repasser par Pallanza à notre retour d'Égypte, n'est-ce pas Jerry ? »

Il esquisse un signe de tête encourageant. D'exécrable humeur à son arrivée ici, il se dégivre peu à peu. Il faut dire que Paolo est irrésistible.

Quant à Marguerite, rien ne peut altérer sa bonne humeur. Depuis le temps qu'elle rêvait de réunir Paolo et Jerry ! De les embrasser d'un même regard, son brun solaire et son blond nocturne ! Leur complémentarité est flagrante. Pur écho, à un demi-siècle de distance, du contraste et de l'harmonie que les deux André, Fraigneau et Embiricos, avaient créés dans sa vie.

Elle ne leur en dira rien mais elle en est intimement persuadée : c'est le destin qui a jeté ces jeunes gens sur sa route, au moment où elle en avait le plus besoin. C'est la providence qui lui a offert la réédition du rêve d'amour de sa jeunesse, ce poème douloureux et enchanteur qui résume et sublime les lignes mélodiques de sa vie.

*

À Venise, où ils doivent prendre le bateau pour Alexandrie, le mauvais temps les poursuit. Ils se réfugient dans les églises et les musées. Palais des Doges.

Galeries de l'Académie. Cafés aux banquettes avachies d'où ils regardent la pluie tomber sans fin.

Embarquer est presque un soulagement.

Le 12 janvier, sous un ciel enfin bleu, ils sont en Grèce. En ce jour anniversaire de la mort de son père Michel et de la naissance de Grace – une date qu'elle appréhende chaque année superstitieusement –, Marguerite est dans une grande agitation. Elle n'a pas revu Athènes depuis la veille de son départ pour l'Amérique, en 1939. Mais le port est loin du centre. Pour s'assurer de ne pas manquer le départ, Jerry a réservé un restaurant de poissons et un hôtel au Pirée. Marguerite trépigne. Rester sur ces quais qui puent l'essence, les cordages mouillés et l'eau saumâtre l'insupporte. Tout lui paraît hideux, surconstruit, sans rapport avec ses souvenirs d'un temps où voyager était encore réservé à une élégante bohème, sautant en espadrilles d'un voilier à l'autre. Elle demande à Jerry de commander un taxi pour le temple de Sounion. Elle l'a contemplé autrefois avec Lucy Kyriakos, sa belle infirmière morte sous les bombardements.

Il s'exécute en serrant les dents.

Manifestement, Marguerite n'est plus avec lui. Comme les palimpsestes, ces manuscrits qu'on gratte pour les réutiliser à nouveaux frais, la conscience de la septuagénaire laisse entrevoir des superpositions de strates temporelles. Mais le passé est de plus en plus encombrant, au point d'oblitérer toute jouissance du présent. Qu'est-il pour elle ? Que représente-t-il encore dans ce labyrinthe mémoriel, ce mille-feuille de souvenirs plus nombreux que si elle avait mille ans ?

Pour la rejoindre, combler l'intervalle immense qui les sépare à tout instant, a-t-il un autre choix que de faire sien son délire ?

19

À Alexandrie, ils cherchent le fantôme de Constantin Cavafy. Jerry a mis dans ses bagages la traduction que Marguerite a donnée du poète grec. Enivré par la sensualité de ces odes à la beauté des garçons, Jerry en a appris quelques-unes par cœur. Il les récite à Marguerite, tandis qu'ils arpentent les artères ensoleillées de la cité portuaire, le cœur en fête.

Dès l'arrivée au Caire, les choses se gâtent.

Par son aspect tentaculaire, sa misère et sa saleté, la mégapole les rebute. Les hôtels de luxe avec piscine, garçons en blanc et gazon anglais côtoient les bidonvilles grands comme des agglomérations européennes. Il est inimaginable d'aller à pied tant les chauffards pullulent, ni de prendre les bus bondés qui ne font que ralentir aux arrêts pour lâcher des grappes d'usagers.

Ils se sont représenté les pyramides en plein désert, conformément à l'imagerie publicitaire. Ils les découvrent à la lisière d'un quartier moderne en béton. Il faut en faire le tour pour avoir en arrière-plan des plaines grises, pelées et caillouteuses, sans commune mesure avec les dunes blondes de leurs rêves.

Ils s'arrêtent devant le sphinx, l'observent consciencieusement, vides de toute émotion. De prétendus guides les poursuivent pour leur proposer un tour à dos de chameau. Jerry est obligé de rembarrer l'un d'eux, qui veut les prendre en photo puis cherche à leur vendre un petit scarabée turquoise porte-bonheur. Les imprécations subséquentes du guide glacent Marguerite.

« Il nous a maudits, n'est-ce pas ? »

Jerry hausse les épaules.

Dans le quartier de la mosquée du sultan Hassan, ils se perdent. Brusquement, ils s'aperçoivent qu'ils sont suivis par des hordes d'enfants qui leur demandent des stylos-bille ou des briquets. Il faut dire qu'on les remarque, elle surtout avec ses grands châles bariolés. Ils finissent par retrouver leur chemin et s'arrêtent à une terrasse de café. Tout autour d'eux, des nuées de chats sauvages, couverts de poussière, éborgnés ou chassieux, se battent. Des bouchers arrosent d'eau tiède des quartiers de bœuf pour en chasser les mouches.

Personne ne semble s'être aperçu qu'ils attendaient d'être servis.

« Rentrons à l'hôtel, voulez-vous ? »

*

Le lendemain, lors d'un déjeuner à l'ambassade de France où elle est l'invitée d'honneur, Marguerite est présentée au bibliothécaire de l'Institut français d'archéologie du Caire. Âgé d'une petite quarantaine d'années, Jean-Pierre Corteggiani appartient comme Paolo à l'espèce des bruns chaleureux, à la faconde méridionale, qu'elle affectionne particulièrement. Grand admirateur de l'œuvre de Marguerite, il rêve depuis longtemps de la rencontrer. Il lui a apporté le catalogue du musée rédigé par ses soins. En épigraphe, il a placé une citation tirée de *Denier du rêve*. Flattée de cette marque d'intérêt pour un de ses livres les moins connus, Marguerite laisse la conversation s'engager. Bientôt, tout disparaît autour d'eux. Ni l'ambassadeur placé à sa droite ni Jerry ne parviennent à lui arracher une miette d'attention.

Enhardi, le bouillant égyptologue lui propose une visite privée du musée du Caire.

« Je ne sais trop, répond-elle. Nous avons un programme bien chargé.

– Que faites-vous demain ?

– L'oasis du Fayoum, n'est-ce pas Jerry ?

– Et lundi ?

– Nous comptions nous reposer avant notre croisière sur le Nil.

– Prenez deux heures pour le musée. Je vous promets que vous ne le regretterez pas. »

*

Le lundi matin, Corteggiani les retrouve devant le musée du Caire. Depuis leur rencontre, Marguerite a dévoré le catalogue et réalisé une présélection de ce qui l'intéresse.

« Ne m'en veuillez pas, j'ai quelques difficultés à piétiner trop longtemps. »

L'égyptologue les conduit donc devant les œuvres qu'elle a choisies. Tandis qu'il les commente, elle se tourne vers Jerry, espérant le dérider en sollicitant leurs souvenirs communs. Ce joueur de harpe ne lui rappelle-t-il pas un concert en plein air auquel ils ont assisté l'an dernier sur les bords du Guadalquivir ? Ce double portrait masculin du Fayoum n'évoque-t-il pas les beautés célébrées par Constantin Cavafy ?

Sur un bas-relief de Saqqarah des oiseaux prennent la pose avec un réalisme émouvant.

« Jerry est un grand connaisseur en ornithologie, déclare-t-elle en se tournant vers lui. Pouvez-vous nous nommer ces oiseaux, mon ami ? »

Corteggiani ne le laisse pas répondre et désigne spontanément la poule sultane bleue, l'ibis rouge et le martin-pêcheur. Jerry le fusille du regard.

À la sortie du musée, Corteggiani les questionne sur leur croisière sur le Nil. Iront-ils à Antinoé, la ville fondée par Hadrien en mémoire de son amant disparu ?

« Hélas, ce n'est pas prévu. Vous savez ce que sont ces compagnies. L'itinéraire est tout tracé.

– Laissez-moi regarder votre programme. Je suis sûr qu'on pourrait glisser une excursion entre deux étapes de la croisière.

– Vous feriez cela ?

– Avec plaisir. Depuis vingt ans que je vis ici, je ne suis encore jamais allé à Antinoé.

– J'en serais tellement heureuse !

– Vous savez qu'il ne reste rien du site antique ?

– Peu importe. Je crois à la force vibratoire des lieux. »

Les choses se décident rondement. Le surlendemain, Corteggiani vient cueillir Marguerite et Jerry à Al Minya, où le bateau fait une brève escale. Ils roulent jusqu'à Antinoé.

Plus rien n'est visible de ce que les membres de

l'expédition de Bonaparte pouvaient encore admirer moins de deux siècles auparavant. Ni arc de triomphe ni portique du théâtre. Seuls demeurent, plantés dans la terre aride, quelques palmiers étiques.

« Imaginez-vous qu'un industriel égyptien a pulvérisé les vestiges pour en faire de la chaux à la fin du siècle dernier », explique Corteggiani.

Peu importe. Marguerite est dans un état d'exaltation complète. Elle erre tête baissée en répétant « C'est ça... c'est bien ça... ». Fait ramasser à Jerry des tessons de poterie probablement vieux de quelques décennies mais qui ont à ses yeux une force évocatoire unique. Marmonne des bribes de son roman, comme si elle l'avait écrit la veille.

Le premier jour du mois d'Athyr, la deuxième année de la deux cent vingt-sixième Olympiade...

C'est le début du chapitre consacré à la mort d'Antinoüs.

L'égyptologue, éberlué par le caractère surréaliste de la scène, sort son appareil photo. On ne lui avait pas dit que Yourcenar était versée dans le chamanisme.

« Est-il possible de nous rendre sur l'autre rive ? demande-t-elle.

– Pourquoi ?

– C'est là qu'Hadrien a porté le corps d'Antinoüs aux embaumeurs. »

Corteggiani négocie avec un felouquier. Les aventuriers se glissent sur la barge.

Un silence de mort règne sur le Nil aux reflets moirés. À travers la brume, on aperçoit d'innombrables oiseaux noirs.

« Savez-vous qu'Hadrien était considéré comme l'âme du Nil ? » demande Marguerite.

Ils approchent grelottants de l'autre rive.

« Peut-on accoster ? demande-t-elle. Je voudrais fouler le sol de mes pieds. »

Personne n'ose rien refuser à Marguerite. La rive n'est pas aménagée, ce qui complique le débarquement. La barge manque de verser. Marguerite retire chaussures et chaussettes.

Enfin la voilà sur l'autre rive, près du temple de Ramsès II. Ses pieds s'enfoncent dans le limon. Elle reste là, yeux fermés, narines dilatées, une sorte de mélopée aux lèvres.

Le felouquier s'impatiente. Il est temps de repartir.

À bord, une discussion s'élève. L'homme réclame un supplément par rapport au prix convenu en raison des difficiles manœuvres qu'il prétend avoir dû effectuer pour accoster. Corteggiani s'énerve, Jerry prend un air menaçant, mais Marguerite ne s'en mêle pas. Le ton du felouquier redescend.

À une dizaine de mètres de leur point de débarquement, Marguerite se redresse.

Elle en est persuadée. C'est là que se trouvait la citerne au fond de laquelle Antinoüs a été retrouvé. Elle a soudain l'idée d'une offrande aux mânes du jeune homme divinisé.

« Jerry, passez-moi mon sac. »

Elle fouille la lourde sacoche et en retire une bourse en velours rouge, garnie de petite monnaie collectée au fil de leurs précédents voyages.

Solennellement, elle la jette dans le fleuve.

Il est temps de rentrer. Mais Corteggiani demande d'abord à Marguerite de lui signer son exemplaire de *Mémoires d'Hadrien*, qu'il connaît par cœur et a pris soin d'emporter avec lui. Jerry serre les dents. Le bagout de l'égyptologue lui est intolérable.

« Nous reverrons-nous ? demande Corteggiani, subjugué par la culture et l'esprit de cette femme extraordinaire.

– Nous restons un mois en Égypte. Venez nous retrouver à Louxor ou Karnak ?

– Je ferai mon possible.

– Sinon, sachez que vous êtes le bienvenu à Petite Plaisance. Je sens que vous avez encore mille choses à m'apprendre. »

★

À Mallawi, Jerry et Marguerite arrivent juste à temps pour rejoindre la croisière.

Marguerite est épuisée comme on le serait après une séance médiumnique. Quand le bateau s'arrête à Hermopolis, elle n'a plus la force de bouger.

« Vous ne descendez pas ? demande Jerry. Le guide dit que ce sont des ruines fameuses.

– Allez-y. Pour ma part, j'en ai assez vu pour aujourd'hui.

– Je reste avec vous. »

Elle somnole sur le pont, calée dans un transat. Un peu d'air lui caresse le visage. Le thé glacé qu'on lui a apporté tiédit à côté d'elle. Elle se croit toujours au deuxième siècle après Jésus-Christ. Avec Hadrien. Dans sa douleur.

Le premier jour du mois d'Athyr, la deuxième année de la deux cent vingt-sixième Olympiade… C'est l'anniversaire de la mort d'Osiris, dieu des agonies : le long du fleuve, des lamentations aiguës retentissaient depuis trois jours dans tous les villages…

Les modulations du deuil la bercent, prolongent cette langueur douce et pénible à la fois.

Soudain, il lui semble entendre pour de bon des youyous.

Elle ouvre un œil.

« Réveillez-vous, lui enjoint Jerry.

– Que se passe-t-il ?

– Un accident. »

Elle se lève. Sur la rive opposée, un policier cherche à retenir une femme qui est entrée dans le fleuve en poussant des cris stridents. Derrière elle, un groupe de femmes hululent, se griffent le visage et secouent rythmiquement leurs châles comme les pleureuses du monde antique. Serait-ce une hallucination ?

« Qui est cette femme ? s'émeut Marguerite. Pourquoi crie-t-elle ?

– Vous n'avez rien vu ? Son mari vient de se noyer en tentant de traverser le fleuve. Sa vieille barcasse s'est retournée. C'est épouvantable. Elle l'a vu couler sous ses yeux. »

Une autre femme, plus âgée, la mère du noyé sans doute, entre tout habillée dans le fleuve. Elle se penche, ramasse de la boue et s'en enduit le visage. Les hululements continuent. Un groupe d'hommes se forme, à quelque distance. Leur prière gutturale s'élance vers le ciel.

Un autre homme entre dans le Nil jusqu'aux cuisses. S'asperge d'eau en proférant des imprécations qui semblent venir du plus profond de son être. Il revient s'asseoir sur le rebord, prostré, les cheveux dégouttants d'eau.

« Est-ce que je porte malheur ? demande Marguerite.

– Qu'est-ce que vous racontez ?

– Une noyade dans le Nil. Le jour même où nous visitons Antinoé. Vous appelez cela une coïncidence ? »

*

Jerry fulmine. Jerry panique. Marguerite s'éloigne de lui. Il le voit, il le sent. Ici, dans cette terre du polythéisme dont sont parties toutes les croyances du monde antique, elle est accaparée par quelque chose qui le dépasse. Un monde gigantesque de souvenirs, de références livresques et de superstitions où lui n'entre, il le sent, que pour une part infime.

Vidée de ses forces, elle ne descend plus du bateau.

Jerry fait les cent pas sur le pont, torse nu, de plus en plus nerveux.

Un soir, sur un coup de tête, il s'élance et plonge dans le Nil. Marguerite le voit s'éloigner à grandes brassées. Elle le surveille d'un œil. Répond à son signe, fière de voir ce beau spécimen lui montrer ses talents de nageur. Au bout d'un moment, craignant les effets d'un bain prolongé dans l'eau froide, elle lui fait signe de revenir. Mais Jerry paraît faire du surplace. Marguerite appelle une hôtesse et montre Jerry du doigt.

« J'ai l'impression que mon secrétaire est en difficulté.

– Il y a des courants forts, dans cette zone. Il faudrait qu'il se laisse dériver. »

Marguerite regarde l'hôtesse d'un air courroucé. Dériver ? Mais jusqu'où ?

« Nous allons lui lancer une bouée », se corrige l'hôtesse.

Mais à force de mouvements de crawl énergiques, Jerry a fini par vaincre le courant. Il attrape l'échelle glissante et remonte à bord, les muscles roidis, dégoulinant d'eau froide.

À peine sur le pont, il se jette dans ses bras.

Ses lèvres sont violettes. Elle le frictionne et il éclate en sanglots.

« J'ai failli mourir, hoquette-t-il.

– Allons, allons, qu'est-ce que vous racontez ?

– Vous n'avez pas vu ? D'ailleurs, j'aurais mieux fait de me noyer. »

Puis, d'une voix inaudible, comme s'il n'assumait pas cette identification pathétique :

« Comme Antinoüs. »

20

Marguerite a pris froid.

À défaut de DeeDee, elle a fait venir sur le bateau qui les remmène en Italie Janet Hartlief, l'infirmière hollandaise qui lit à ses patients des extraits des *Yeux ouverts*.

« Avez-vous remarqué ? lui demande-t-elle tandis que Janet lui masse les mollets. C'est toujours quand on se dit "Voilà longtemps que je n'ai pas été malade" que, dès le lendemain, la fièvre se déclare. »

L'infirmière acquiesce.

« Je me demande si on provoque la dégradation de son état de santé en l'évoquant, ou si inversement, le fait de remarquer qu'on n'a pas attrapé de virus depuis longtemps n'est pas déjà le symptôme inconsciemment perçu des premières atteintes du mal. Qu'en pensez-vous ? »

Janet secoue la tête en lui souriant. Elle n'est ni médecin ni psychologue.

*

Être malade en voyage est une double épreuve. On ne profite de rien de ce qui nous entoure. On ne bénéficie d'aucun des réconforts que l'univers domestique nous apporterait.

Mais il y a pire encore : se disputer au cours de ce qui est censé être une escapade romantique. Tout prend alors un tour sinistre et grimaçant. Et contre tout bon sens, on voudrait être consolé par celui qui nous fait du mal. C'est à peu près ce qui arrive à Marguerite en débarquant à Venise. Décidément, la ville des amoureux ne lui porte pas chance. C'est le carnaval. La crudité des couleurs, la facticité des costumes, loin de stimuler son euphorie, donnent à Marguerite l'impression d'être dans un cauchemar. Après avoir croisé un grand blond déguisé en SS en plein Rialto, elle exige de rentrer à l'hôtel.

Jerry est exaspéré par la fatigue et les humeurs de sa compagne. Il éprouve le sentiment d'une mauvaise volonté expresse, presque d'une tromperie sur la marchandise.

De toute la fin de la croisière en Égypte, Marguerite n'est descendue qu'une fois, pour écouter dans un café un chanteur aveugle que Jerry avait repéré la veille, au cours de ses déambulations nocturnes. Dans les temples, à Louxor, à Karnak, elle ne s'est pratiquement pas aventurée, au prétexte que la foule de touristes l'indisposait. Et une fois de retour au Caire, elle a tout bonnement gardé la chambre en attendant le bateau pour rejoindre l'Italie.

En vouloir à Marguerite d'avoir soixante-dix-huit ans n'a aucun sens. Pourtant, il ne peut s'en empêcher. D'un côté, il s'inquiète vraiment pour elle. De l'autre, il constate avec dépit que l'état de Marguerite la rend comme indifférente à lui et à sa propre souffrance morale. Il est obligé de se mettre en quatre pour lui arracher des preuves d'affection.

Certains jours, il a l'impression de mieux comprendre ce qu'a subi Grace. Marguerite lui a parfois présenté cette dernière comme sa geôlière. Mais il commence à soupçonner une plus grande complexité de leurs rapports. Laquelle des deux avait le plus à subir ? Il a sûrement fallu à Grace une patience d'ange – ou un certain degré de masochisme, vu son état de santé – pour supporter le narcissisme, l'hypocondrie, l'autoritarisme capricieux de Marguerite.

Un soir, soucieux de lui montrer qu'il est capable d'apprécier ses amis, Jerry lui propose de dîner avec Paolo et Ilaria Zacchera, qui sont à Venise. Il réserve un restaurant sur le quai des Zattere. La soirée commence bien. Avec eux, Jerry se sent pris en considération. Il existe. Mieux, il goûte le plaisir de fréquenter des gens de son âge, qui parlent et rient fort. Alors il fait son numéro. Raconte des blagues récemment apprises. Porte des toasts. Interpelle les clients.

Les *bigoli* sauce aux anchois sont délicieux mais donnent soif. On redemande une bouteille, puis une autre. Après le dessert, le chef cuisinier qui a plaisanté toute la soirée avec eux leur apporte tous ses digestifs, amaretto, limoncello, vermouth, crème de café, crème de melon. Jerry vide les verres. Parle de plus en plus fort.

On se sépare sur le quai. Les Zacchera prennent le vaporetto, tandis que Marguerite et Jerry regagnent leur hôtel à pied. Après dix minutes, Marguerite ralentit.

« Qu'avez-vous ? demande Jerry.

– C'est encore loin ?

– Nous ne sommes pas rentrés. »

La marche reprend, cahin-caha. Soudain Marguerite se laisse glisser au sol.

« Qu'est-ce que c'est que cette comédie ? Relevez-vous ! »

La tête lui tourne, elle étouffe. Elle voudrait parler, mais aucun son ne sort de sa bouche. Sans crier gare, Jerry entre dans une colère épouvantable. Elle ne l'a jamais vu comme ça. Ses yeux sont révulsés, son visage déformé par la rage. Il hurle. L'agonit d'injures.

« *Get up, dirty old bitch. Ugly witch. You piece of shit.* »

Elle sent une douleur atroce lui étreindre la poitrine.

Les rares passants se retournent, puis prudemment s'écartent.

Elle tend le bras mais il la repousse. Passant des injures à la violence physique, il lui donne un coup de pied dans les côtes. Elle se dit que sa vie va peut-être s'arrêter là, qu'elle va faire un arrêt cardiaque et que les *carabinieri* retrouveront à l'aube sa dépouille rouée de coups. Il faut qu'elle se relève.

Elle ne sait pas combien de temps ces hurlements durent, ni comment elle se retrouve debout, dans le vaporetto et finalement à l'hôtel. Le changement d'attitude de Jerry est immédiat. Il la conduit à sa chambre, entre avec elle, et aussitôt se met à pleurer.

« *I was so scared. Please forgive me.* »

Il se jette à ses genoux. Elle le relève. Il veut voir les marques qu'il lui a faites. Il pleure encore. Se donne des noms affreux. Il faut qu'elle résiste à la tentation aberrante de le consoler, lui qui l'a tant fait souffrir. Elle lui demande de la laisser seule.

Elle ne se couche pas. Elle éprouve le besoin de

mettre des mots sur ce qui vient de se produire. Le calme qui descend sur elle est-il la marque de la sidération, d'une résignation pathétique, d'une sagesse supérieure ? Son besoin de justifier tous les comportements de Jerry, de le comprendre comme une mère confrontée à un enfant impossible, l'empêche-t-il de se révolter contre l'objectivement révoltant ? Elle repense à la brutalité d'André Fraigneau envers elle. S'étonne de ce retour de la pulsion destructrice au sein de l'amour. Y est-elle pour quelque chose ?

Le lendemain, tout est oublié. Jerry est de nouveau son cher enfant, son ami empli de prévenances et débordant de tendresses. Il est entendu que sa violence, exceptionnelle, n'a été que le mode paradoxal d'expression de la terreur – celle qu'elle lui a causée en faisant un malaise en pleine rue –, autrement dit le revers de son attachement à elle. C'est un coup de folie, elle veut le croire, qui n'a pas eu de signes annonciateurs et n'aura pas de suite.

★

Après une crise de cette ampleur, ils éprouvent le besoin de se retrouver sur des terrains réconfortants. Sur le chemin du retour, ils font halte comme promis sur les bords du lac Majeur. La plupart du temps, Marguerite préfère rester au chaud dans son hôtel à Stresa, mais Jerry passe beaucoup de temps avec Paolo et Ilaria Zacchera. Il est d'autant plus anxieux de leur montrer la meilleure image de lui-même qu'il redoute que Marguerite ne leur apprenne ses agissements.

De tous les amis de Marguerite, ils sont, avec Guido

Burggraeve, le conservateur de la réserve du Zwin, les seuls à ne jamais le juger, à le traiter comme une individualité à part entière. Avec eux il se sent protégé de lui-même, des accès de fureur et des envies de meurtre qui l'assaillent depuis son adolescence et dont il est le premier terrifié.

Grâce à la complicité du chef des jardiniers que Paolo connaît bien, les trois jeunes gens visitent les jardins des îles Borromées, fermés au public en cette saison. Les rives du lac sont encore enneigées mais les camélias, déjà en fleur, jettent des notes d'un rouge-rose partout. Jerry n'a jamais rien vu d'aussi beau. Il veut le croire : l'hiver sera bientôt fini.

⋆

Début mars, en remontant vers Paris, ils s'arrêtent de nouveau à Saint-Paul-de-Vence chez James Baldwin. Jerry s'est mis en tête de faire traduire à Marguerite une pièce méconnue de l'écrivain, *Le Coin des « Amen »*. Fortement inspirée de la propre jeunesse de Baldwin à Harlem, l'œuvre met en scène, sur fond de misère, de violence et de culture biblique omniprésentes, la difficile émancipation d'un jeune homme, David, vis-à-vis de sa mère Margaret. Celle-ci est devenue pastoresse de sa communauté après s'être séparée de son mari, un musicien de jazz alcoolique. Au début du drame, l'ex-mari revient mourir chez Margaret. David, attiré par la musique et dégoûté par les bondieuseries de sa mère, est écartelé entre la peur de la décevoir et le besoin irrépressible de suivre la voie paternelle.

Cette pièce a bouleversé Jerry. Tous les ingrédients qu'il a voulu mettre dans *Gospel Caravan* s'y trouvent, de l'église évangélique aux prêches ponctués de chants en passant par la peinture de la misère de la communauté noire américaine.

Après l'avoir lue, Marguerite se demande si l'affrontement de la mère protectrice et du fils trop couvé ne fait pas écho pour Jerry à son passé. Comment expliquer autrement son enthousiasme ? Elle se dit que monter la pièce serait peut-être pour lui l'occasion de mettre à distance la terrible emprise de sa mère. De se débarrasser de la colère qui l'habite. Ils en parlent ensemble et l'idée d'une nouvelle collaboration les enchante autant l'un que l'autre. De son côté, Baldwin est ravi de donner sa pièce à traduire à Marguerite mais doute qu'une telle histoire puisse intéresser le public français.

Jerry s'attache à le persuader. La journée se passe joyeusement. Il est si bon de parler de projets d'avenir ! Toute l'horreur des derniers jours paraît oubliée.

Avant de repartir, Jerry demande à passer un coup de fil.

Il revient, décomposé.

« C'est Maurice. Il a été admis en soins palliatifs. »

21

Maurice est mort. Il s'est éteint silencieusement, les yeux mélancoliquement rivés sur une carte postale de Canaletto représentant Venise au crépuscule.

Chienne de maladie. Ça a été si foudroyant, si dépourvu de la moindre accalmie… comme s'il était tombé dans un trou. De leur retour précipité de Saint-Paul-de-Vence jusqu'à la mort de Maurice, Marguerite a tenu à être présente avec Jerry au chevet de l'agonisant. Elle a avancé l'argent de certains soins. Les parents de l'ex-compagnon de Jerry se sont comportés comme des vautours. Ils ont profité de ce que Maurice était à l'hôpital pour s'emparer de tout ce qui avait de la valeur dans l'appartement de la rue Pavée.

Jerry sombre. Tantôt il se reproche la fin solitaire et misérable de son compagnon, tantôt il met en cause Marguerite. Il se lève tard. Fréquente les saunas. Sort tous les soirs. Boit trop.

Après l'inhumation, Jean-Marie Grénier, l'ami photographe de la bande de la rue Pavée, prend Marguerite à part.

« Je crois avoir une petite idée de ce qui se passe dans votre tête. Mais il ne faut pas vous en vouloir. Ni en vouloir à Jerry, d'ailleurs. C'est un enfant. »

Elle acquiesce, heureuse de se sentir comprise.

« Vous avez dû vous en rendre compte, reprend-il, sa relation s'était beaucoup dégradée avec Maurice. Mais ce n'est pas à cause de vous.

– À cause de qui, alors ?

– Jerry a une pente à l'autodestruction. Ça remonte à loin, tout ça. Son père, il n'en parle jamais. Sa mère l'a toujours couvé, mais elle désapprouve son mode de vie. Alors il pense qu'il ne vaut rien. Que sa personne n'a aucun intérêt. Il s'abîme, dans tous les sens du terme.

– Comment l'aider à remonter la pente ?

– En le faisant travailler. C'est la seule chose qui puisse l'empêcher de couler.

– Nous avons des projets ensemble.

– Je sais. La pièce de Baldwin. Et le livre sur le blues, bien sûr. J'ai promis à Jerry de l'accompagner en Arkansas. Il a peur de ne pas y arriver tout seul.

– C'est formidable que vous soyez là. Il a besoin d'un garçon comme vous à ses côtés. »

Jean-Marie semble hésiter.

« Si j'étais vous, je me protègerais. Jerry peut être terriblement nocif pour ceux qui l'approchent de trop près. »

Marguerite a l'impression qu'il ne lui dit pas tout. Y a-t-il eu, y a-t-il encore quelque chose entre lui et Jerry ? Elle ne comprend pas grand-chose aux rapports qui existent entre les membres de ce petit groupe. Ils lui rappellent sa propre bande d'amis, dans les années 30. Avec quelque chose de plus trouble. De moins noble et désintéressé.

Dans un carnet, à la date du 1er avril 1982 – huit

jours tout juste après la mort de Maurice –, elle écrit : *Je suis décidément, intellectuellement, et physiquement souffrante. Choquée jusqu'au fond de l'âme.*

Elle refoule ces impressions pénibles et s'efforce comme toujours de donner le change dans la sphère publique. Elle cultive ses propres relations, fait de nouvelles rencontres – Gisèle Halimi, qui l'admire sans comprendre que Marguerite refuse de se définir comme féministe, a demandé à déjeuner avec elle. Elle jouit de son titre d'académicienne, sans pour autant mettre un pied quai Conti, au grand scandale de ceux qui ne voulaient pas l'y voir.

Le volume de la Pléiade est en cours d'achèvement. *Comme l'eau qui coule*, pour n'être constitué que de récits brefs, témoigne de la vigueur persistante de ses qualités narratives. En surface, tout va bien, et cette cloison étanche entre vie publique et vie privée est justement ce qui lui permet de tenir.

Elle est loin de s'imaginer que certains esprits médisants commencent à se demander qui est ce garçon taciturne, si peu charismatique, qui se tient constamment dans son ombre.

⋆

Comme tous les étés depuis qu'elle partage sa vie avec Jerry, Marguerite est seule à Petite Plaisance. Elle attend, telle une collection de grand couturier, le prochain voyage automne-hiver. Japon. Thaïlande. Inde. Programme mirifique, entièrement nouveau, et qui lui redonne l'espoir absurde d'un énième recommencement.

Cette alternance saisonnière qui s'est progressivement mise en place dans son existence – trois ou quatre mois de sédentarité pour huit à neuf sur les routes – effare Jeannie Lunt par ce qu'elle représente comme coût et comme fatigue. Marguerite remontre à sa secrétaire qu'elle est assez riche et fait exactement ce qui est bon pour elle.

La césure n'est d'ailleurs pas si nette entre la vie monacale américaine et les mondanités de l'étranger. Pas si claire non plus, la séparation entre l'écriture et la vie. Elle emporte son écritoire partout avec elle. Symétriquement, la propriété du Maine n'est plus seulement une austère résidence d'écrivain mais, bien davantage que du temps de Grace, une maison ouverte aux admirateurs et aux amis. Yvon Bernier, Jean-Pierre Corteggiani, d'autres encore s'y succèdent au cours de l'été.

Cependant, Marguerite s'inquiète de savoir Jerry seul à Paris. Avant son retour, elle s'est débrouillée pour lui faire rencontrer Patrice Chéreau dans l'idée qu'il pourrait l'aider dans ses projets théâtraux. Cela n'a rien donné et elle craint qu'il ne soit de nouveau en proie à ses démons. Pour chasser l'angoisse, elle s'occupe du jardin et traduit *Le Coin des « Amen »* de Baldwin. C'est sa manière à elle de se sentir proche de Jerry, des non-dits de cette adolescence dont il ne parle jamais. En donnant une voix française à Margaret, cette femme qui fait des versets bibliques des armes contre son fils, elle cherche à se représenter la génitrice de Jerry.

Terrifiante Betty ! Marguerite l'a seulement eue à une ou deux reprises au téléphone. Elle se demande ce que cette Américaine moyenne doit penser d'elle.

Betty ne peut ignorer que Marguerite est une romancière connue, qu'elle a longtemps vécu avec sa traductrice et pourrait être la grand-mère de son fils. Mais se voir à travers les yeux dégoûtés de cette femme à la morale mesquine, tellement ignorante des complexités de la vie, est insoutenable. Marguerite doit continuer de haïr et d'entourer d'une chape de silence celle qui est à ses yeux responsable de toutes les souffrances, de toutes les tares du bien-aimé.

Pourtant, la curiosité la reprend par intermittence. Un jour, elle téléphone à Jean-Marie Grénier, au prétexte de prendre des nouvelles de l'avancée du projet photographique. Elle sait qu'il a déjà rencontré la mère de Jerry. L'air de rien, elle lui demande quel genre de femme elle est.

Il la lui décrit exactement comme elle l'imaginait. Autoritaire. Moqueuse souvent. Mais toujours à son poste. Pourvoyeuse infatigable. Gardienne du temple familial.

« Jerry a-t-il été battu dans son enfance ?

– J'aurais tendance à penser que oui. Mais par qui ? Sa mère ? Son père ? Son grand-père ? Je ne sais pas. Jerry n'est pas loquace sur son passé.

– Si elle l'a battu, comment expliquer qu'il parle d'elle comme de la *femme de sa vie* ?

– Il doit considérer, pour toutes sortes de raisons bonnes ou mauvaises, qu'il méritait cette dureté. Qui aime bien châtie bien, toutes ces conneries…

– Je ne vous le fais pas dire. Quelle façon antipathique de concevoir l'amour. Je comprends moins que jamais ce qu'il cherche auprès de moi.

– Oh vous, c'est différent.

– En quoi différent ?

– Vous ne vous êtes jamais demandé pourquoi vous faites l'objet d'un culte de la part de tant de lecteurs homosexuels ? »

Elle prend le temps de réfléchir.

« À cause de l'honnêteté avec laquelle j'aborde la question du désir ?

– Cela va au-delà. Mon idée, c'est que vous, vous êtes la mère permissive.

– La mère permissive ?

– Celle qui pardonne toujours. Qui cacherait un fils en cavale, même s'il avait du sang sur les mains. Ce n'est pas seulement que rien d'humain ne vous est étranger et tout le bazar. C'est une autre forme d'amour inconditionnel. Et je pense que Jerry a besoin des deux. D'un côté, de quelqu'un qui lui dise où sont le bien et le mal. Qui ne cherche même pas à obtenir sa confession, d'ailleurs, à connaître quoi que ce soit de sa vie. La réprobation silencieuse suffit. Et puis de l'autre, de quelqu'un comme vous. Qui lui passe tout, en toute connaissance de cause. »

Elle refuse cette psychanalyse de comptoir. Elle n'est pas la mère de Jerry. Elle n'est la mère de personne, d'ailleurs. Elle n'approuve pas la conduite de son compagnon, mais elle le veut libre et préfère ignorer ce qu'il fait durant les heures qu'ils ne passent pas ensemble. Pourtant, elle est profondément ébranlée par ce que lui dit Jean-Marie. Car si Jerry ne cherche avec elle qu'un permis de transgresser, que cherche-t-elle, elle ?

22

San Francisco. Bleue, blanche, rose, gaie. *So gay!*

Go West, chantent à la radio les Village People, l'un des groupes préférés de Jerry. On est début octobre, et l'été ne semble pas près de tirer sa révérence. Une sensation bienvenue d'apesanteur s'empare de Marguerite.

Tout au long de la traversée Montréal-Vancouver en train couchette, elle a senti remonter le souvenir du même voyage avec Grace, cinq ans plus tôt. Jamais depuis sa mort Marguerite n'avait aussi cruellement éprouvé la coexistence de l'absence et de la mémoire.

L'arrivée à San Francisco, où ils doivent s'embarquer pour le Japon, ouvre un chapitre vierge de toute réminiscence. Dans cette terre sans histoire ancienne, inondée de soleil, la voilà jeune de nouveau, curieuse et ouverte aux sensations du moment présent.

Jerry a tenu à lui faire découvrir le quartier du Castro. Marguerite se réjouit de cette simplicité bon enfant qui semble y régner, de la tolérance publique qui permet à des couples d'hommes et de femmes de tout âge et de toute couleur de peau de se tenir par la main, voire de s'embrasser en pleine rue sans émouvoir personne.

Qui pourrait s'en douter en déambulant dans ces artères si pimpantes ? C'est dans le même quartier qu'ont eu lieu, il y a trois ans, les fameuses émeutes de la *White Night*.

Le maire de la ville George Moscone et son superviseur Harvey Milk, figure emblématique du Castro et défenseur ardent des droits des homosexuels, ont été assassinés par un autre membre du conseil municipal, Dan White. Ancien flic, ce dernier était soutenu par les conservateurs de la ville, moins horrifiés par un double meurtre prémédité et haineux que par la transformation de leur ville en eldorado pour tous les *dégénérés d'Amérique*.

La condamnation de White à une peine exagérément clémente a entraîné des affrontements violents avec la police. Le quartier a été littéralement mis à feu et à sang. Voitures incendiées, destructions de commerces, passages à tabac des manifestants, arrestations abusives en série. Mais la colère a souvent pour elle le droit, explique Jerry à Marguerite. La principale conséquence de ces injustices est d'avoir soudé encore davantage la communauté gay, toujours plus visible et impliquée dans la lutte contre les inégalités.

Cependant, une nouvelle inquiétude empoisonne le Castro. Une maladie étrange, effrayante, incontrôlable, a commencé à faire des ravages parmi les habitants du quartier. Des hommes jeunes, en pleine forme, sont brutalement pris de fièvre. Ils se couvrent de plaques rouges, de macules bleues. Maigrissent jusqu'à ne plus avoir que la peau sur les os. Après quelques semaines ou quelques mois, ils meurent dans d'atroces souffrances, rejetés par leurs familles.

Outre les gays, des groupes précis paraissent plus spécifiquement touchés par cette sorte de cancer de la lymphe ou du sang : les Haïtiens. Les hémophiles. Les héroïnomanes.

Les modes de transmission sont mal identifiés. Salive ? Sperme ? Simple promiscuité ?

Dans les clubs et les bars, on en parle à voix basse, de crainte d'alimenter rumeurs paranoïaques et spéculations haineuses. Pour les conservateurs, cette maladie est la onzième plaie d'Égypte. La manifestation d'une colère divine.

Marguerite est prise d'un doute affreux. Elle n'a jamais su exactement ce qui avait provoqué le cancer foudroyant de Maurice. Certains de ses symptômes ne ressemblent-ils pas à ceux que Jerry lui décrit ? Si le mode de contamination privilégié, ce sont les rapports sexuels, Jerry n'a-t-il pas lieu de s'inquiéter ? Ce dernier balaie ses angoisses d'un revers de main.

« On ne couchait plus ensemble depuis longtemps. »

Très vite, d'autres craintes lui empoignent le ventre. Jerry ne devrait-il pas réduire la cadence de ses sorties ? Recourir aux capotes anglaises dont les bienfaits sont avérés ?

« Je n'ai pas l'intention de changer mes habitudes », répond-il sèchement.

Devant sa mine déconfite, il change de ton. Les homosexuels ne sont davantage exposés à la maladie qu'en raison des traitements qu'ils prennent contre les autres MST et qui limitent leur immunité face à d'autres types d'infection. Le vrai problème, ce sont les toxicos. Elle devrait savoir qu'il ne se pique pas. S'il y a quelque chose à redouter, c'est plutôt un rebond dans la stigmatisation de la communauté gay.

Dans les notes qu'elle prend en vue du récit de son tour du monde, elle tente de battre en brèche ses sombres prémonitions.

L'hystérie provoquée tout récemment par la découverte d'une maladie nouvelle, limitée, semble-t-il, à quelques groupes disparates, Haïtiens, hémophiles, drogués adonnés aux aiguilles hypodermiques, et gais (ces derniers sans doute à cause de l'usage trop fréquent d'antibiotiques, efficaces contre des infections maintenant moins dangereuses, mais qui tendent à détruire les immunités), montre à quel point le phénomène médiéval de la chasse aux Juifs accusés de transmettre la lèpre ou la peste pourrait facilement se reproduire.

⋆

L'inquiétude se dissipe en partie quand le *Royal Viking* quitte la baie de San Francisco.

Mais la peur de perdre Jerry revient constamment, comme une menace.

À Hawaï où le bateau fait une brève escale, Jerry est pris du désir irrépressible de faire du surf. Il se fait conduire jusqu'à un *spot* particulièrement réputé, loue une planche et se lance à l'assaut des vagues monstrueuses. Assise sur un talus herbeux, Marguerite l'observe en proie aux éléments déchaînés. Elle admire sa musculature ruisselante, dorée par des semaines de vie au grand air. Jauge l'habileté avec laquelle il maintient son équilibre, cherche à mater les déferlantes, à se servir de l'adversité de la nature pour la plier à ses fins. Son surfeur danse sur la crête écumeuse avec la grâce d'un funambule, l'habileté d'un dompteur d'étalons.

Soudain, elle a l'impression que les courants entraînent Jerry de plus en plus loin. Et si la mer gagnait ? La terreur de la noyade fond de nouveau sur elle. Elle lui fait signe de revenir. Les cent mètres qui la séparent de lui paraissent infranchissables. Des images l'assaillent en surimpression. Jerry sur le mont Cadillac, doré par l'or du crépuscule. Jerry dormant du sommeil du juste dans une auberge anglaise. Jerry glacé et dégouttant de l'eau du Nil.

Il revient, essoufflé, en poussant des cris de joie.

« Vous auriez pu vous tuer », lâche-t-elle sur le ton du reproche.

Sa bonne humeur le quitte aussitôt.

« C'est ce que vous auriez voulu ? *Don't expect too much from me.* »

★

Pendant les quinze jours de la traversée jusqu'au Japon, elle fait bloc avec lui.

Parmi les riches couples de retraités avec qui ils voyagent, ils se sentent comme des chiens dans un jeu de quilles. Comme toujours, les spéculations malveillantes vont bon train. Les regards laissent percer les interrogations sur la nature des rapports existant entre ce trentenaire au jean déchiré et cette femme de lettres hiératique et fripée, drapée dans des étoles multicolores. Est-il son gigolo ? Son factotum ? Un neveu à grandes espérances ?

Eux s'amusent davantage de la curiosité qu'ils inspirent que des divertissements proposés à bord : bals à thème avec confettis et serpentins, standards mollement dévidés par l'orchestre de jazz, projection de films antiques… Rien ne manque à ce kitsch digne d'un épisode de *La croisière s'amuse*.

Marguerite ne s'habitue ni aux montagnes de nourriture gaspillée, ni aux traces graisseuses à la surface de l'eau laissées par le passage du *Royal Viking*. Elle se réfugie dans sa cabine et tâche d'y achever sa traduction de la pièce de James Baldwin. Jerry, lui, lézarde au bord de la piscine pour entretenir son teint caramel. Il vide des cocktails au bar, drague outrageusement le personnel de bord et menace quotidiennement de tout saccager.

Heureusement, il y a un club de bridge à bord. Jerry est un joueur hors pair. Ce talent lui permet de tuer le temps de manière socialement plus acceptable et même de se faire adopter par toutes les rombières en mal de romance. Elles l'appellent par son petit nom, lui commandent des *blue lagoon*, rient de ses plaisanteries les plus douteuses. Et si sous le voyou se cachait un gendre idéal ? Ne pourraient-elles détourner ce nouveau Macadam Cow-boy de sa triste compagne au profit de leurs ardeurs miraculeusement réveillées ?

Marguerite observe dédaigneusement leur manège. Si elles savaient à quoi s'en tenir au sujet de Jerry, la plupart s'éloigneraient en courant.

C'est à cela qu'elle mesure la force supérieure de son amour. Elle ne se contente pas d'admirer sa beauté. Elle connaît ses gouffres abyssaux. Elle est encore capable, elle le croit du moins, de tout comprendre, de tout accepter. Pour combien de temps ?

23

Jusqu'à son dernier jour, Marguerite s'efforcera de considérer ces trois mois au pays du Soleil levant comme l'ultime chapitre heureux de sa passion pour Jerry.

Le Japon, c'est le rêve de toujours. Un rêve enfin réalisé et qui demeure pourtant un rêve. Un fantasme qui ne se dissipe pas au contact de la réalité, qui s'en nourrit au contraire, même quand elle déçoit ou révulse. C'est l'altérité absolue. Celle qui désoriente, littéralement, mais qui possède une vertu calmante paradoxale, à la mesure même de son éloignement des façons de penser et d'aimer occidentales. Altérité fascinante, raffinée, multiple, proprement inimaginable. Mais cette irréductible singularité nipponne lui paraît aussi étrangement proche, en ce qu'elle touche, ici et là, la condition humaine universelle.

Pourtant, malgré l'enthousiasme initial, rien de moins serein que ce séjour ponctué de crises en *crescendo* et ombragé en ses deux extrémités des pires augures imaginables.

À leur arrivée à Yokohama, Marguerite et Jerry apprennent que les cinq habitants d'un logement viennent d'être massacrés par leur voisin, dérangé par le bruit de leur télévision.

Le jour de leur départ d'Osaka, ce sont trois jeunes filles obsédées par la réussite scolaire qui se suicident, désespérées d'avoir à montrer à leurs parents leurs mauvaises notes.

La mort est partout. Les fantômes rôdent.

Ceux des quarante-sept rônins suicidés collectivement par fidélité à leur seigneur qu'ils ont voulu venger, et dont Jerry photographie les tombes environnées de brume. Celui du poète Bashô, dont Marguerite aime tant les haïkus et dont ils cherchent à reparcourir l'itinéraire évanescent dans le nord du Japon. Celui de Mishima, bien sûr, dont ils visitent religieusement la maison en compagnie de sa veuve le jour du douzième anniversaire de son suicide. Troublés, ils observent les nombreux signes d'occidentalisation du célèbre écrivain, statues grecques du petit jardin, chromos retours d'Europe, tirage de son fameux portrait photographique en saint Sébastien percé de flèches, d'après le tableau de Guido Reni. Et parmi ces vestiges, l'autel shinto, marque du retour tardif aux traditions nipponnes.

« Croyez-vous, demande-t-elle à voix basse à Jerry, qu'il y ait une seule personne dans tout Tokyo pour penser au malheureux Morita ? »

Le dévoué compagnon de Mishima, décapité à vingt-quatre ans après avoir lamentablement échoué dans l'accomplissement du rituel du seppuku, semble avoir été rayé des mémoires. On ne sait rien de lui, si ce n'est qu'il était originaire d'une province du Nord.

« Figurez-vous que j'y ai pensé, moi », répond gravement Jerry.

La veille, il est passé devant un opticien dont l'enseigne, en caractères romains, portait justement ce nom.

« Je me suis dit que ce garçon devait avoir quelque part une mère encore jeune. Je n'ose même pas imaginer son désespoir. Un fils mort. Pour rien !

– Sans parler du déshonneur dont s'est couvert ce malheureux Morita en ne réussissant qu'à hacher l'épaule du grand homme.

– C'est exact.

– Et de l'oubli qui entoure la mémoire des seconds couteaux.

– On pourrait envoyer des fleurs à sa mère. Mais à qui demander son adresse ?

– Certainement pas à la veuve de Mishima.

– Bien sûr. Mais quelqu'un doit bien la connaître parmi les survivants de cette tragédie.

– Oubliez cela, Jerry. Cette mère préfère certainement qu'on la laisse à son chagrin. »

*

Les premiers jours, tout est occasion de s'étonner ou de se réjouir. À l'ambassade de France où ils résident, les deux voyageurs sont traités comme des hôtes de marque. Ils reçoivent les cadeaux les plus charmants, boîtes laquées, soieries délicates, cartons artistement pliés. Dans les hôtels traditionnels japonais où ils descendent au cours de leurs déplacements, ils partagent la même chambre. On leur déroule de petits matelas à même le sol et on les abandonne à une intimité précaire, créée par des panneaux coulissants. À une heure qui leur est imposée, on les réveille et on replie les lits sans demander leur avis pour les inviter à la toilette. Mais dormir à ras du sol est douloureux pour Marguerite. Elle se lasse du poisson cru, des visites de temples pieds nus, déplore les buildings monstrueux qui ont défiguré les littoraux, l'empêchant de reconnaître les paysages immortalisés par les maîtres de l'estampe japonaise. Les jours de mauvaise humeur, Jerry déclare pour sa part détester ce pays incompréhensible. Tout lui paraît faux, sinueux, entortillé de cérémonies opaques et interminables.

À l'ambassade de France, ils font la connaissance d'un homme d'affaires polyglotte, directeur d'un trust dans la capitale nipponne. Celui-ci leur propose de leur faire découvrir le Tokyo nocturne. Après un dîner dans un restaurant traditionnel dissimulé au cœur d'un gratte-ciel – deux geishas sans âge leur mettent en bouche avec des baguettes des mets sucrés, salés, vinaigrés, marinés dans le saké –, il les emmène retrouver des amis à lui dans une boîte de strip-tease au décor psychédélique. Jerry semble soudain de nouveau dans son élément. Il enchaîne les verres de saké, à la manière des hommes d'affaires venus se détendre après une journée tout entière vouée au dieu Travail. Elle, inversement, est au comble du malaise. Le contraste entre ces hommes en costard cravate et les créatures nues qu'ils lorgnent – mal maquillées et ruisselantes de sueur –, lui est insupportable. Ces strip-teaseuses qui se trémoussent sur une musique robotique n'ont pas le sens du rythme et manquent tristement de sensualité.

L'un des amis de leur hôte se penche vers elle d'un air narquois.

« Vous vous rendez compte que vous êtes ici la seule femme ? »

Elle regarde plus attentivement les strip-teaseuses. Elle se sent idiote. Elle n'avait pas compris qu'il s'agissait de transsexuelles. L'ambiguïté des genres ne la dérange nullement. Mais elle n'apprécie pas ces sarcasmes, cette façon de jouer la complicité masculine contre elle, de chercher à l'exclure. Le pire à ses yeux, ce sont ces marques d'occidentalisation, cocktails fluorescents, yeux débridés à coups de bistouri, cheveux blond platine devenus roses sous les néons, lèvres gonflées et excroissances mammaires…

Que reste-t-il ici d'une grande civilisation ?

*

Heureusement, les spectacles de kabuki jouissent encore d'une grande popularité.

Le maquillage s'y fait art, au même titre que la gestuelle, le chant, la diction.

Mais la passion de Marguerite pour le théâtre japonais occasionne de nouvelles tensions. Jerry décrète qu'il déteste le kabuki. Cette lenteur et ces simagrées lui semblent le comble de l'artificiel. Au cours d'une représentation à l'ambassade de France, il s'endort.

Un jour, à Osaka, le professeur Iwasaki, traducteur des romans de Marguerite en japonais et leur guide dans l'archipel, leur propose des places pour un nouveau spectacle exceptionnel. À la dernière minute, Jerry déclare vouloir rester à l'hôtel.

« C'est dommage, lui reproche Marguerite. Vous manquez une occasion inespérée de rencontrer Bandô Tamasaburô.

– Qui est-ce ?

– Rien moins que l'acteur le plus fameux de son temps. M. Iwasaki a eu beaucoup de mal à obtenir ces billets. Et il nous a promis une entrevue dans sa loge après le spectacle.

– Eh bien vous apprécierez d'autant plus que je ne serai pas là pour jouer les rabat-joie.

– Je ne comprends pas. Vous qui aimez le travestissement, comment pouvez-vous rester insensible à un tel degré de raffinement en la matière ?

– Je suis une brute. Vous ne le saviez pas ? »

Elle commet l'erreur d'insister.

Soudain, il a de nouveau le regard effrayant qu'il avait à Venise, le soir où il l'a frappée. Sa pupille semble rétrécie, au point de ne plus être qu'un trou d'épingle dans son iris livide.

« Vous avez bu, Jerry ?

– *Mind your business, old bitch. Or I'll beat your ass up.* »

*

Une jeune femme, voile violet sur la tête, ombrelle à la main, rejoint son mari dans un lieu désert. Au bord d'un cours d'eau, ils aperçoivent un crâne gisant sur le sable ; une inscription rappelle qu'un crime s'est commis là, jadis. Peu à peu le souvenir revient à la femme : il y a des années, dans une autre vie peut-être, elle a tenté d'échapper à son mari violent. Au moment où elle s'apprêtait à traverser la rivière, il l'a rattrapée et l'a tuée. La peur s'empare d'elle. Elle se retourne vers son mari et comprend, trop tard, qu'il va la tuer une seconde fois.

Tel est le sujet du spectacle de kabuki. Bandô Tamasaburô est époustouflant dans le rôle de l'épouse deux fois trucidée. En le voyant, par un jeu subtil de mimiques, passer de l'incompréhension au doute, puis au souvenir et à la certitude du malheur, Marguerite est transie. En état de choc, elle ne cesse de songer à la brutalité de Jerry. Homicide. Il n'y a pas d'autre terme pour qualifier la lueur du regard d'un homme qui veut éradiquer la joie en vous. André Fraigneau aussi a tenté autrefois d'écraser du poing cette fleur qui poussait, confiante, vers lui. Elle en est morte. Puis elle a ressuscité. Et voilà qu'elle se trouve face au même homme, à sa réincarnation à tout le moins. C'est le cavalier polonais, le divin exterminateur, annonciateur d'un irréparable désastre. Le laissera-t-elle avoir sa peau ?

Après le spectacle, Bandô Tamasaburô les reçoit dans sa loge, elle et M. Iwasaki. La beauté androgyne de l'acteur intimide Marguerite. Sous son masque blanc, il lui fait penser à Garbo. Soudain, elle s'aperçoit que la glace en triptyque dans laquelle il se mire pour se démaquiller lui renvoie son reflet, à elle aussi. Ironie cruelle de la vie. À côté de cette incarnation si parfaite de la beauté et de la jeunesse, elle ressemble à Sotoba Komachi, la clocharde centenaire du nô de Mishima qu'elle est en train de traduire. La chair striée de ses joues ressemble à une terre labourée. Mais si elle s'efforce de lever complètement les paupières, elle aperçoit dans la glace le feu bleu qui la brûle toujours à l'intérieur.

En rentrant, dans cet état d'extralucidité qui ne l'abandonne jamais moins qu'au cœur des crises, elle trace le récit de l'inoubliable spectacle.

Sans doute, pour exprimer ce drame d'une femme qui meurt à deux reprises, tuée par le même homme, faut-il, non seulement le génie du théâtre, mais encore une connaissance des éternelles redites du malheur.

Pas besoin de convoquer la psychanalyse et sa compulsion de répétition. L'art et la littérature ne parlent que de cela. Voilà longtemps que la vie le lui a appris : on n'en finit pas, au jeu de l'oie, de retomber sur la case prison.

*

Le lendemain, Jerry s'excuse. Bien sûr, il jure qu'il ne recommencera pas. Bien sûr, il met sa colère sur le compte de l'alcool, de son complexe d'infériorité, de son sentiment d'être abandonné par elle, de ne pas être le préféré. Bien sûr aussi, le cœur de Marguerite pardonne mais sa tête n'oublie pas. Elle a la certitude qu'il recommencera. Que ce sera sans doute plus violent, sinon la fois prochaine, du moins celle d'après. Qu'elle en mourra, peut-être.

Elle sait qu'ils sont entrés dans l'automne de l'amour. Tout lui annonce la séparation, la solitude, la mort. Mais peut-elle en vouloir à Jerry de ne plus supporter la vieillarde égrotante qu'elle est devenue ? Ne doit-elle pas au contraire savourer les dernières miettes ? Chérir ce privilège qui lui a été accordé de deux ans de bonheur et de jouvence ?

Un jour, dans le jardin des Mousses de Kyoto, elle perd Jerry de vue. Son appareil en bandoulière, il a rebroussé chemin pour photographier une barque à l'abandon. En proie à la panique, elle essaie d'arrêter les promeneurs mais ils ne la comprennent pas et poursuivent leur chemin, indifférents ou abîmés dans leurs méditations. Quand elle l'aperçoit enfin, c'est comme s'il revenait d'entre les morts.

*

Le séjour s'achève à Hiroshima. Au mémorial de la bombe atomique, Marguerite cherche à transcender l'égoïsme de son chagrin. Comment imaginer l'apocalypse dans ce site si paisible où des troupeaux de bêtes courent en liberté, où la végétation semble avoir repris tous ses droits ? En se concentrant, elle croit percevoir le cri des dizaines de milliers de morts. Capacité des hommes à anéantir l'homme. Elle en frissonne de désespoir.

Le lendemain, c'est Noël. Ils passent la matinée sur l'île-sanctuaire de Miyajima. Le sublime torii de bois rouge marquant l'accès du temple shinto semble vouloir lui réchauffer le cœur. Des daims s'ébattent parmi les arbres. Jerry, plus doux qu'un agneau, lui tient la main et lui demande de faire un vœu. Rien ne vient à son esprit. Une crise d'éternuements l'inquiète.

L'après-midi même, elle s'alite. Les vers de Baudelaire reviennent la hanter :

Tout l'hiver va rentrer dans mon être : colère,
Haine, frissons, horreur, labeur dur et forcé,
Et, comme le soleil dans son enfer polaire,
Mon cœur ne sera plus qu'un bloc rouge et glacé.

24

Pour la première fois de sa vie, elle prend l'avion.

Dès l'aéroport d'Osaka, un mauvais pressentiment l'étreint.

Tout la tracasse : les panneaux lumineux qui se recomposent en cliquetis incessants, les voix éthérées des hôtesses dans les haut-parleurs, l'empressement répugnant des voyageurs à dévorer ou salir le monde. Comment a-t-elle pu se laisser persuader par Jerry ? L'achat des billets paraissait abstrait, sans mesure avec une réalité éloignée dans le temps. Mais il le lui a répété, il n'y a pas d'autre moyen raisonnable de rejoindre la Thaïlande. Et cette fois, il est trop tard pour reculer. Les contrôles d'identité sont passés. Ils sont en salle d'embarquement. Puis à bord, attachés, ficelés. À la merci du premier incident technique.

« Vous êtes toute blanche. Voulez-vous que j'appelle l'hôtesse ? »

Jerry est d'une adorable prévenance. Hypocrisie de celui qui a eu gain de cause et feint d'oublier qu'elle a toujours mis son veto au moindre déplacement aérien ?

Le moteur fait bourdonner ses oreilles. Elle regarde d'un œil les consignes de sécurité, sûre qu'elles sont inutiles, qu'en cas de malheur il n'y aura qu'une panique infernale. Les annonces du commandant de bord se succèdent. Il y a de l'air chaud puis froid.

Jerry pose sa main sur la sienne. Elle l'agrippe. Quelque chose de doux s'épand en elle. Elle ne résiste plus. Elle est comme un bébé promené en landau, un corps anesthésié qu'on s'apprête à ouvrir, tout entier livré à des experts. Il n'y a qu'à lâcher prise.

Ils n'ont pas plutôt décollé qu'elle dort, profondément.

*

À Bangkok, l'inquiétude la reprend.

Pendant la soirée du Nouvel An, un homme fait une crise cardiaque et s'écroule parmi les cotillons, juste derrière le fauteuil où se tient Marguerite. Jerry lui cache tant qu'il peut la vérité mais elle finit par la découvrir. Telle une héroïne de Virginia Woolf, elle voit s'accumuler les signes funestes.

Le monde a levé son fouet : sur qui va-t-il s'abattre ?

N'y a-t-il pas de la démesure dans ces déplacements incessants ? Elle craint de plus en plus d'offenser les dieux. Comme Ulysse nostalgique d'Ithaque, elle rêve sans cesse à Petite Plaisance. Car elle l'a appris à ses dépens : le mal de vivre s'emporte partout avec soi.

Au Centre culturel français de Bangkok où elle prononce une conférence sur le voyage, elle laisse libre cours au désabusement que lui inspire son odyssée :

La connaissance de mondes étrangers, que ce soit dans le temps ou dans l'espace, a pour résultat de détruire l'étroitesse d'esprit et les préjugés, mais aussi l'enthousiasme naïf qui nous faisait croire en l'existence de Paradis, et la sotte notion que nous étions quelqu'un.

Ce qui était le principal terrain d'entente des deux compagnons se révèle source de malentendus. Homme aux semelles de vent, Jerry cherche le lieu idéal, mirage incessamment reporté à plus tard et plus loin. Éprise de lenteur, Marguerite emporterait sa maison avec elle, si elle pouvait, poserait ses innombrables valises dans quelque port à domestiquer.

Elle tient à voir tous les bouddhas fameux qui ornent les temples de Bangkok. Retourne quotidiennement dans la maison de l'industriel Jim Thompson pour y acheter des soieries, sa dernière toquade. Jerry est obligé de lui procurer une malle supplémentaire.

L'Inde, où ils arrivent mi-janvier, les remet provisoirement d'accord.

Submergée par l'émotion, Marguerite est incapable de prendre des notes. Le contraste avec le Japon est indescriptible. Là-bas, c'est le raffinement de la civilisation qui l'a séduite. Ici, c'est le grouillement de la vie. Elle se laisse griser par la jeunesse exubérante de la population, la proximité quotidienne avec les animaux, le chatoiement des saris, les odeurs fortes jusqu'à l'intolérable, poivrées, musquées, excrémentielles.

Même la misère, pourtant monstrueuse, lui paraît portée avec la légèreté d'un haillon, la grâce d'une parure. Il est vrai qu'elle la traverse en taxi ou en pousse-pousse, entre deux visites de palais moghols ou de boutiques de poterie. Mais elle se contente moins que d'habitude d'empiler les lieux touristiques, temples, mosquées, réserves naturelles. Le pays entre en elle. L'atteint en profondeur. Dans la campagne des environs de Khajurâho, elle s'éprend d'un enfant sourd-muet manifestement affamé. Elle demande à Jerry de le ramener à leur hôtel et insiste, au grand dam de la direction, pour lui offrir des gâteaux. À Bénarès, si la laideur et la saleté du Gange révulsent Jerry, elle pressent que pour sa part elle pourrait adopter cette manière de vivre à mi-chemin entre la matière la plus vile et la plus haute spiritualité.

Avide d'expériences mystiques, elle se promet d'approfondir encore sa connaissance du bouddhisme, de l'hindouisme, du soufisme, de la médecine ayurvédique. De se renseigner aussi sur la possibilité de séjourner dans un ashram, peut-être même d'y finir sa vie. Provisoirement, elle se sent réchauffée jusqu'au fond de l'âme.

Les gens viennent à votre rencontre les mains ouvertes en vous regardant dans les yeux avec un sourire, écrit-elle à Paolo Zacchera.

⋆

À New Delhi, chez un bijoutier hindou, elle s'est éprise d'une superbe plaque de malachite. Le prix leur en a paru exorbitant. Depuis, elle parle sans cesse de cet objet immémorial et raffiné qu'ils ont tenu entre leurs mains et laissé filer. À peine ont-ils quitté le continent indien qu'elle regrette sa sagesse.

« Nous avons mal négocié. Il faudra revenir.

– Juste pour cette plaque ?

– Oui, Jerry. N'avez-vous pas été comme moi immédiatement attiré par elle ? N'avez-vous pas senti des vibrations particulières en la caressant ? »

Il la regarde, une fois de plus subjugué par l'intensité ensorcelante de son regard.

« Je me trompe rarement avec les objets. J'ai la certitude que cette plaque est faite pour nous. Il faudra revenir, Jerry. Faites-moi la promesse que nous reviendrons. »

25

De retour en Europe, une nouvelle crise éclate.

Quelques jours passés en Grèce arriment Marguerite à sa jeunesse perdue et l'enfoncent dans la mélancolie. Jerry perd patience.

Les choses se dégradent un peu plus en Italie. À Pise, il lui fait vivre l'enfer parce qu'elle refuse de quitter sa chambre. À Rome, il rentre un matin avec un œil au beurre noir. Il prétend avoir été agressé par une bande de malfrats dans les jardins du Pincio. Elle soupçonne autre chose, une drague nocturne qui a dérapé, une quête de haschich suivie d'un passage à tabac. Elle ne creuse pas, certaine de s'attirer ses foudres si elle insiste.

Après l'Inde, tout paraît plat à Jerry. Il dit vomir l'Occident. Elle cherche désespérément à le ramener dans le giron des amitiés communes, des fréquentations saines et rassurantes. Une journée idyllique à Portofino avec Paolo et Ilaria Zacchera, un arrêt à Saint-Paul-de-Vence dans la villa de James Baldwin mettent un peu de baume sur leurs plaies.

Elle tente aussi de l'intéresser à la concrétisation de leurs projets artistiques. *Le Coin des « Amen »* vient de paraître, en même temps que *Precious Memories*, le disque de Marion Williams sur lequel elle a posé sa voix. Gallimard a envoyé le contrat pour le livre de blues et de gospels. Ces réalisations communes ne sont-elles pas des preuves que leur couple existe encore ? Elle veut faire sentir à Jerry qu'ils ne sont rien l'un sans l'autre. À la différence d'amis qui jugent ses photographies médiocres, elle croit en son talent.

À leur retour en Amérique, il l'emmène en Arkansas, dans les ghettos noirs où il a ses entrées. Il prend des photos des jeunes travailleurs dont les muscles roulent sous les débardeurs. Elle gagne la confiance des vieillards qui lui chantent, sur le pas déglingué de leurs portes, de poignantes vignettes de leur quotidien mêlées d'appels au Seigneur.

Elle lui crie sa reconnaissance de l'aider à s'immiscer dans cette culture dont il a une expérience de terrain. En retour, elle espère sa gratitude de se voir associé à sa renommée à elle.

Jusqu'à un certain point, la stratégie fonctionne. Jerry parvient à se persuader qu'il n'est pas un raté. Mais ces projets lui donnent aussi des prétextes pour se tenir éloigné d'elle.

À Petite Plaisance où ils sont de retour en mai, il s'enferme des journées entières dans sa chambre. Désormais, il s'adonne davantage à la boisson qu'au jardinage. Chaque soirée se termine en hurlements, insultes, objets brisés.

Une nuit, terrifiée parce qu'il a projeté une chaise contre le mur, elle appelle DeeDee.

« Il vous a frappée ?

– Non, mais j'ai peur.

– Voulez-vous que je prévienne la police ?

– Surtout pas. »

DeeDee débarque. Marguerite minimise aussitôt : Jerry dort. La crise est terminée.

Le matin, il émerge d'un trou noir. Elle lui fait constater les dégâts, un vaisseau de terre brisé, une écharpe brûlée de trous de cigarettes, des marques sur ses poignets à elle. Il se répand en excuses, baise les contusions qu'il lui a faites, jure qu'il ne recommencera pas.

Il recommence.

Impulsivement, elle retire le collier en or qu'il lui a offert au moment de sa réception à l'Académie. Il s'en aperçoit, se roule sur le canapé en poussant des cris.

« Voulez-vous que je m'en aille ? Je comprendrais que vous ne vouliez plus me voir.

– Non, Jerry.

– Alors remettez ce collier ! »

Elle ne répond rien. Il insiste, avec des yeux de fou.

« Laissez-moi me racheter. Laissez-moi organiser notre voyage d'hiver ! »

Elle soupire. Qui sait si l'Afrique chère au cœur de Jerry n'opérera pas la régénération qu'ils n'ont trouvée nulle part ailleurs ?

Le lendemain, elle remet le collier.

*

Tristesse d'été. Jerry est avec Jean-Marie Grénier et Sabine Mignot en Arkansas. Ensemble ils doivent réaliser une dernière série de photos des ghettos noirs ainsi que le tournage de *Saturday Blues*, un documentaire produit par TF1.

Dans son carnet, Marguerite note : *Sans Jerry. J'ai cherché à vivre à tout prix.*

Elle propose à Joan Howard, une étudiante américaine qui a entrepris une thèse sur la notion de sacrifice dans son œuvre, de séjourner à Petite Plaisance. Depuis un an qu'elle la connaît, elle a senti grandir sa complicité avec cette jeune femme enjouée, dont l'enthousiasme respectueux et l'humeur égale la changent de Jerry.

Quand Marguerite lui fait visiter l'étage de la maison, elle jette à Joan des regards en coin pour observer l'effet produit par cette immixtion au cœur de son intimité. Ravie, Joan s'extasie devant la moindre gravure, le moindre objet du quotidien. Alors au moment de lui donner sa chambre, la dernière à l'étage, Marguerite change instinctivement d'avis.

« Vous dormirez ici, si cela vous convient, dit-elle en ouvrant la porte de la chambre de Grace.

– C'est trop d'honneur.

– Un ami y dort quand il séjourne ici. Mais il n'est pas là. Alors poussez ses affaires, et faites comme si vous étiez chez vous. »

⋆

Malgré le réconfort que lui apporte Joan, Marguerite peine à remonter la pente. Trop d'insomnies ont détraqué sa machine. Son essoufflement permanent laisse entendre la fatigue du cœur. À force d'avoir crié au loup, elle pourrait ne pas être prise au sérieux. Mais son hypocondrie ne s'étant jamais vu confirmer par un diagnostic, c'est elle qui se refuse maintenant à mesurer la gravité de son état.

« Ce voyage au Kenya est une folie, répète DeeDee. Tous ces vaccins, à votre âge ! Sans parler de la chaleur, des insectes, des conditions d'hygiène… Ce n'est pas sérieux.

– Vous croyez que des désagréments aussi bénins sont capables de me dissuader ?

– Si Jerry recommence à lever la main sur vous, je ne serai pas là pour vous secourir.

– Il a promis de bien se tenir.

– Promesses d'ivrogne. Vous allez y laisser votre peau.

– Je n'y laisserai ma peau que si je reste ici un hiver de plus. »

⋆

Telle une marée noire, la dépression l'englue. Par les chaudes journées d'août, elle tente de boucler ses traductions de blues et de gospels, de remettre aussi au propre ses souvenirs de voyage. Les écrire, c'est revivre ce qui s'échappe déjà, habiter un temps et un espace où Jerry est jour et nuit auprès d'elle. C'est aussi, inévitablement, faire remonter le souvenir des crises de plus en plus fréquentes. Elle abandonne son manuscrit. Comme du temps d'André Fraigneau, le découragement est parfois tel qu'elle songe à mettre fin à ses jours.

Elle a quatre-vingts ans. *Quatre fois vingt ans.* Huit petites décennies, ridicules appréhendées séparément mais monstrueuses une fois additionnées.

Elle qui a si bien décrit la maladie et la décrépitude d'Hadrien, qui a prêté à l'empereur romain toute la force d'âme d'un stoïcien pour les affronter, elle n'a au fond jamais cessé de croire que la vieillesse n'arrivait qu'aux autres. Que pour ce qui la concernait du moins, l'âge n'était qu'un chiffre. Elle n'a jamais rien voulu avoir de commun avec ces horribles Américaines aux chairs écroulées qu'elle voyait se traîner sur le pont des paquebots de croisière, avec leurs chaussures orthopédiques, leurs mots croisés et leurs cheveux lilas. Elle n'a jamais cru qu'à la vivacité de son esprit, à la fougue de ses désirs. Et voilà que la vérité éclate, incontestable et atroce. Elle ne fait pas plus jeune que son âge, comme elle s'en est si longtemps, si complaisamment persuadée. Elle n'est qu'une vieillarde qui n'a pas fait le deuil de l'avidité.

Alors l'Afrique, oui. Ce continent que Jerry ne cesse d'appeler de ses vœux, et dont elle espère elle-même qu'il puisse ranimer un feu au bord de l'asphyxie.

26

Ils sont à Nairobi depuis quinze jours quand un drame survient.

Tout, pourtant, a commencé comme sur un nuage. Vol sans frayeur ni incident – son baptême de l'air l'a miraculeusement convertie aux plaisirs de l'altitude. Accueil à l'ambassade de France digne d'un couple royal. Promenade au marché aux fleurs où ils s'approvisionnent en graines pour Petite Plaisance. Excursion au lac Naivasha pour y observer leurs chers oiseaux, cormorans, pélicans, ibis et martins-pêcheurs.

Le pays conjugue nouveauté exaltante et habitudes familières. Hôtels de luxe, promenades en taxi, concerts de musique traditionnelle qui leur donnent la sensation de remonter aux sources animistes du blues. La faune locale, digne d'un illustré pour enfants de l'ère coloniale – girafes, éléphants, babouins et crocodiles –, les remplit d'une joie pure.

Pour un peu, ils en oublieraient les gratte-ciel qui grignotent le haut plateau, les bidonvilles où s'entasse la moitié de la population et les décharges de plastique à ciel ouvert.

Dans cet état d'exaltation tranquille que seule la nature lui procure, Jerry capture avec son appareil gazelles et vautours, noirs baobabs au pied des monts Kenya bleuâtres, luisants hippopotames s'étreignant amoureusement dans les eaux boueuses du lac Naivasha.

Comme il paraît loin, le sombre séjour à Amsterdam ! Pourtant, c'était il y a quelques semaines seulement, à l'occasion de la réception du prix Érasme. Le lendemain du cocktail, ils s'étaient promenés dans le quartier rouge avec deux couples d'amis de Marguerite. La suggestion d'une soirée libertine avait tourné au fiasco. Marguerite avait senti qu'on l'excluait par principe, comme si la curiosité érotique ne la concernait plus. Tandis que les deux couples tentaient de négocier un tarif de groupe pour un peep-show, Jerry les avait semés, perdu dans la contemplation d'un bel hidalgo nu sous sa vitre, qu'il avait ensuite voulu suivre dans sa cabine.

Elle se dit qu'ici au moins, il est à l'abri de ses démons. Et comme toujours, l'amour des paysages dans leur infinie variété les rapproche.

Elle suggère à Jerry un nouveau livre en commun. Depuis des années, elle porte sur elle un carnet de citations de ses auteurs préférés, compilées au fil du temps. De sa belle écriture, elle a recopié ces phrases apprises par cœur et qui impulsent une méditation, offrent une résonance au présent, aident à vivre. Elle imagine un album de ces poèmes et axiomes, illustrés par des tirages de ses photos à lui. Tout le suc de la littérature sapientiale, des Évangiles à Dylan en passant par Lao-Tseu, Rilke ou François d'Assise. Et pour donner une consistance sensible à ces pensées d'homme, la fragile beauté d'instants captés, quelque part sur la terre.

« Merveilleuse idée, lui dit-il. J'ai déjà l'impression de tenir le livre entre mes mains. »

Le 9 décembre, ils quittent Nairobi pour une excursion de plusieurs jours au parc national de Samburu. La route est épouvantable. Un détour par les chutes de Thomson aggrave la fatigue de Madame. Au bout de cinq jours, elle rentre à Nairobi, hagarde, juste à temps pour prononcer, en pilotage automatique, une conférence à l'Institut français.

En sortant, elle émet le désir de rentrer à pied. L'hôtel est à quinze minutes à peine.

Un chauffard déboule à toute vitesse du carrefour. Perdant le contrôle de son véhicule, il monte sur le trottoir, heurte Jerry, projette Marguerite à plusieurs mètres.

*

Elle se réveille à l'hôpital de Nairobi. Bourrée d'antalgiques, elle ne sent rien qu'une immense fatigue et, sur son front, un vague tiraillement.

L'infirmière répond à son regard interrogateur. Pas de traumatisme crânien ni de lésion de la moelle épinière. Deux côtes fêlées. Une jambe abîmée. L'arcade sourcilière ouverte et quelques contusions. Elle a eu beaucoup de chance.

Un peu plus tard, Jerry est à ses côtés. Il lui raconte.

« J'ai eu la peur de ma vie. J'ai à peine été touché, mais vous ! Votre tête a heurté le bord du trottoir. Ça pissait le sang. J'étais sûr que vous étiez morte. »

Il pleure à chaudes larmes. Elle lui prend la main.

Il continue de lui raconter, entre deux sanglots. Il

y avait un attroupement autour d'eux mais personne ne l'aidait. Il a essayé d'arrêter des voitures. On lui a expliqué qu'il perdait son temps, qu'à Nairobi on simulait souvent des accidents pour agresser les conducteurs venus porter secours. Un homme a fini par s'arrêter. Il lui a dit qu'il était inutile d'appeler une ambulance, qu'ils risquaient de perdre du temps. À deux, ils l'ont chargée à l'arrière, le plus délicatement possible, effrayés à l'idée de la voir expirer en cours de route.

« Il faudra témoigner en faveur de ce monsieur Siméon, conclut Jerry. Il a été interrogé par la police à cause de tout le sang qu'on a trouvé dans son véhicule. »

Elle l'interroge du regard.

« Le chauffard ? répond-il. Cet enfoiré a pris la fuite ! Mais on a sa plaque, on va le retrouver. »

*

Elle reste cinq semaines à l'hôpital de Nairobi. Grâce à la morphine, elle ne souffre pas. Elle dort comme elle n'a pas dormi depuis des années. Jerry est là tous les jours.

Elle sympathise aussi avec l'infirmière qui s'occupe d'elle, une certaine Monicah Njonge. Celle-ci refait ses pansements en lui parlant de l'ethnie kikuyu à laquelle elle appartient. Parfois, elle chantonne des airs traditionnels, d'une voix sourde et apaisante.

Jerry lui apprend que la presse s'en est mêlée. Quand on a su qu'une célèbre femme de lettres française avait eu un accident dans la capitale kenyane, des rumeurs folles ont commencé à circuler. L'automobile qui l'a percutée est devenue un minibus, puis carrément un autobus.

« Pourquoi pas un tank ? » s'amuse Marguerite.

En France aussi, on s'est beaucoup inquiété. L'ambassade de France a été harcelée de coups de fil. Les Gallimard étaient prêts à faire le déplacement. Des journalistes ont entamé le siège de sa chambre d'hôpital et il a fallu mettre des vigiles à toutes les entrées.

Marguerite soupire. Elle se serait bien passée de cette mauvaise publicité.

Jerry dit aussi qu'on a retrouvé le conducteur. C'est un policier. Il a pris la fuite car il savait qu'il avait bu et risquait gros.

« Ne peut-on pas faire cesser les poursuites ? Je ne suis pas morte, après tout. »

*

Le réveillon se passe dans sa chambre d'hôpital avec Monicah et Jerry. Les deux jeunes gens, miraculeusement, s'apprécient. Marguerite est heureuse. Elle n'a pas mal. Jerry ne la quitte pas. Elle n'a qu'à se laisser aller à la bienfaisante certitude que ce n'est pas vers sa fin qu'elle court, que chaque jour qui passe favorise le plein retour de ses forces. Son seul regret, c'est de devoir renoncer au voyage en Inde prévu pour le début de l'année.

« Ce sera pour l'hiver prochain », promet Jerry.

L'hiver prochain. Comme c'est loin ! Elle se fait le serment d'être toujours là.

*

Elle reste au Kenya jusqu'en avril. À sa sortie de l'hôpital, elle s'est pour plus de discrétion installée dans la résidence de l'ambassadeur de Belgique. Monicah vient tous les deux jours lui refaire ses pansements.

On lui retire ses fils. Elle a désormais une longue et fine cicatrice qui court au-dessus de l'arcade sourcilière droite, comme un trait de crayon qui lui donne l'air étrange d'une vieille idole un peu maléfique. Jerry baise la cicatrice.

⋆

Bientôt, la voilà en état de reprendre les excursions avec Jerry. Monicah se joint à eux. C'est le printemps, avec son lot absurde de promesses d'avenir et de joies sans raison. Ils retournent au lac Naivasha. Visitent le parc national de Tsavo. Séjournent à Mombasa. Les eaux turquoise de l'océan Indien lui rappellent la mer des Caraïbes. Quatre ans déjà depuis l'élection à l'Académie ! Les commencements bénis de leur histoire. Mais le temps s'abolit de nouveau. Toute idée de dégradation, de malheur ou de désamour est écartée comme sacrilège.

À l'aéroport de Nairobi, il est temps de dire au revoir à Monicah. L'infirmière dévouée promet de leur rendre visite à Petite Plaisance. Et comme toujours, on se jure de revenir.

⋆

Été 84. Quel contraste avec l'an dernier ! Elle est de nouveau seule à Petite Plaisance, mais toute idée morbide s'est évanouie. Sûre de ses forces, elle se remet au récit du voyage au Japon. Elle reçoit des visites, Yvon Bernier, Jean-Pierre Corteggiani, Claude Gallimard, qui a programmé *Blues et gospels* pour l'automne. Elle accueille de nouveau Joan Howard, l'étudiante américaine à qui elle propose d'être sa nouvelle traductrice attitrée.

Elle attend sereinement Jerry. Il doit revenir fin août avec Sabine Mignot pour réaliser un documentaire sur Monts-Déserts, premier long format depuis celui de Matthieu Galey au début des années 70, dont Jerry souhaite enterrer jusqu'au souvenir.

L'Île heureuse. C'est ainsi que Jerry a par avance baptisé son film. Il est vrai qu'en cette saison, on ne saurait imaginer pareil éden. Les fleurs n'ont jamais été aussi belles. Marguerite descend chaque jour marcher au bord de l'eau avec sa chienne. Le fait d'avoir miraculeusement échappé à la mort lui donne la certitude d'être invincible.

DeeDee n'est pas de cet avis. Elle sait qu'il est interdit de dire le moindre mot de travers au sujet de Jerry et de leurs voyages. Mais elle tente tout de même de rappeler Marguerite à la raison. Les budgets n'ont plus rien de sensé. Madame vit au-dessus de ses moyens, si élevés soient-ils. Trop d'hôtels de luxe, de restaurants gastronomiques, de déplacements dispendieux. Sans parler des frais de santé occasionnés par ce drame où elle a failli laisser sa peau.

« Vous m'imaginez mourant dans un accident de la circulation au Kenya ? demande Marguerite à DeeDee. Grotesque. Je rendrai mon dernier soupir ici même. Je l'ai toujours su. »

*

Une mauvaise grippe, pourtant, la cloue au lit dès le retour de Jerry. Manifestation somatique des retrouvailles ? Conséquence prosaïque des promenades prolongées aux quatre coins de l'île où Jerry l'a traînée pour réaliser son film ? Elle est exaspérée de voir ses travaux d'écriture de nouveau interrompus par la maladie.

Jerry repart sans elle à Paris pour préparer le traditionnel voyage d'automne-hiver. Amsterdam, Bruges, comme tous les ans. Et l'Inde, bien sûr, dont elle se promet la plus grande joie. Mais il faut guérir à tout prix. La grippe, à son âge, n'est pas à prendre à la légère.

À la suite d'un accès de fièvre qui l'a laissée sur le flanc, elle convoque Jeannie.

« Faites venir le notaire. Je veux modifier mon testament. Ne me regardez pas avec ces yeux ronds, je n'ai pas l'intention de mourir tout de suite. Seulement de laisser Petite Plaisance à Jerry. »

Devant la sidération de sa secrétaire, Marguerite feint de s'agacer. Jerry n'est-il pas le seul être digne de vivre dans cette maison et d'en perpétuer la mémoire ?

Au fond, elle est ravie du tour qu'elle vient de jouer à sa fidèle secrétaire. Le retour de sa malice est un excellent symptôme. La voilà guérie, débordante de vitalité, persuadée qu'elle vivra cent ans et que le malheur est derrière elle pour de bon.

Ses valises sont prêtes. Son planning réglé comme du papier à musique.

Pendant ce temps, l'ultime catastrophe se prépare.

L'ange de la mort

« L'amour est un châtiment. Nous sommes punis de ne pas avoir pu rester seuls. »

Marguerite Yourcenar, *Feux*.

27

« J'ai rencontré quelqu'un. »

Le regard d'eau claire de Jerry est indéchiffrable.

« J'aimerais vous le présenter. »

Nerveusement, Marguerite triture les miettes dispersées sur la table.

« Je ne comprends pas. Pourquoi tenez-vous à ce que je le rencontre ?

– Parce que ce quelqu'un est important pour moi.

– Dans quelle mesure, *important* ?

– Il partage ma vie. »

Elle accroche son regard au canope de la villa Adriana. La gravure de Piranèse suspendue dans le parloir de Petite Plaisance l'a tant de fois réconfortée. Cette fois, elle lui paraît presque hostile.

« Mais… quand l'avez-vous rencontré ?

– Il y a un mois. Je sais, c'est court. Mais j'en suis sûr, cette fois, c'est la bonne. »

Elle est interloquée. Elle a toujours laissé Jerry libre de coucher avec qui bon lui semblait, mais il n'a jamais été question d'une relation suivie avec un tiers.

« Vous n'êtes pas contente pour moi ? Depuis Maurice, je n'ai personne. »

Chaque mot la crucifie. *Personne. Personne depuis*

Maurice. Elle ne compte donc pour rien ? Elle tâche de garder sa contenance mais la dureté de l'expression de Jerry la pétrifie.

« Vous êtes venu jusqu'à Petite Plaisance pour m'annoncer cela ? C'était inutile, Jerry. Je suppose que notre voyage est annulé.

– Tout dépend de vous.

– Que voulez-vous dire ?

– Nous ne pouvons plus nous séparer. Il ne me quitte plus.

– Qui, *il* ?

– Daniel. Il s'appelle Daniel. Je veux qu'il nous accompagne en Inde.

– Je ne vais tout de même pas voyager avec quelqu'un que je n'ai jamais vu !

– C'est bien pour ça que je veux vous le présenter.

– Quand donc ?

– À notre arrivée à Paris.

– Impossible. Vous savez que nous avons la projection privée de *L'Île heureuse*.

– Justement, je souhaiterais qu'il soit à mes côtés. »

Marguerite n'en revient pas. Cette projection doit être le triomphe de Jerry. L'occasion tant réclamée aussi d'officialiser sa place dans la vie de la femme de lettres. Tout ce que Paris compte d'influent a été invité. On espère Jack Lang. Et cet imbécile ne songe qu'à son amourette du moment ? C'est à désespérer.

« Tout est arrangé, alors ? Vous n'avez même pas songé à me consulter ?

– C'est ce que je suis en train de faire.

– En me mettant devant le fait accompli.
– C'est à vous de voir. »

*

Paris, dans l'un des salons du Ritz. Elle les aperçoit dès qu'elle entre, l'un à côté de l'autre, sur un petit canapé Louis XVI tendu de soie rose thé.

Ils se lèvent en l'apercevant.

« Daniel, je te présente Marguerite. »

Elle prend la main un peu moite que lui tend un jeune homme aux cheveux mi-longs, d'un blond plus clair que ceux de Jerry. En dehors de cette nuance, la ressemblance est stupéfiante. Jean déchiré. Perfecto noir. Serait-ce celui de Jerry ?

Le serveur vient leur demander ce qu'ils veulent boire. Elle s'apprête à commander un *afternoon tea* pour trois, mais Daniel demande un double scotch et Jerry se ravise.

« Un double scotch, pour moi aussi. »

Marguerite ne peut s'empêcher de penser qu'il est un peu tôt pour un digestif.

« Daniel a tellement entendu parler de vous, commence Jerry. Il est timide, et puis il parle mal français, alors il ne faut pas lui en vouloir s'il parle peu. N'est-ce pas Daniel ? »

Le dénommé Daniel hoche la tête sans la regarder. Il laisse parler Jerry. Ils se tiennent par la main. De temps à autre, le nouveau venu fait une brève remarque pour marquer son accord avec ce que raconte Jerry. Marguerite note son accent cockney. Une chose est sûre, il ne vient pas du meilleur monde. Jerry lui fait des messes basses. Un rien d'ironie affleure à la bouche très rouge de Daniel, formant un pli curieux. Ses yeux, des yeux de myope sous les paupières lourdes, ombragées de cils presque blancs, restent inexpressifs.

Marguerite interroge Daniel sur ses activités. Le jeune homme évoque un vague boulot de serveur dans un bar de la rue Sainte-Croix pour payer ses études. Études de quoi ? Elle se dit qu'il est beaucoup trop vieux pour être encore sur les bancs de la fac. Elle lui demande s'il connaît Bruges, dont elle et Jerry reviennent. L'interrogé fait la moue.

« Il faut absolument que vous découvriez Bruges. Jerry a dû vous dire que c'est ma ville préférée. Tous les ans, nous y sommes en pèlerinage sur les traces de Zénon.

– Daniel n'a pas lu vos livres, intervient Jerry. Mais je lui ai offert *Alexis*. Il va s'y mettre, il me l'a promis ! »

Daniel ne semble pas concerné par ce qu'on dit à son sujet. Marguerite en vient à se demander s'il a toute sa tête ou si c'est sa piètre connaissance du français qui l'empêche de participer à la conversation.

Au bout d'une heure de laborieux efforts, elle annonce qu'elle doit remonter se reposer.

Seule dans sa chambre, elle tente de digérer l'entrevue. Elle se demande pourquoi elle s'est fait une montagne de cette rencontre. Elle a eu le temps, depuis le coup de tonnerre de l'annonce de Jerry, de s'accoutumer à l'idée d'un garçon dans sa vie. Qu'il s'amourache de quelqu'un de son âge, cela n'a rien d'inadmissible. Et qu'il souhaite le lui présenter, cela prouve que son avis compte, *a minima*. Mais justement. Elle a trouvé Daniel antipathique. Dérangeant, même. Ce qui la perturbe le plus est sa ressemblance avec Jerry. C'est celle d'Éric et de Conrad, les faux frères et vrais amants du *Coup de grâce*.

Cependant, à côté de Daniel, Jerry paraît plus mûr, plus sûr de lui. N'a-t-il pas légitimement envie d'être à son tour une sorte d'ange gardien ?

★

Jerry s'est installé avec Daniel rue Pavée, dans l'appartement rendu vacant par la mort de Maurice. Au téléphone, sa voix est étrangement distante. Il se désintéresse à l'évidence de leurs projets. Elle est plus fière que lui que *Saturday Blues* ait reçu le premier prix du documentaire télévisé. Et c'est sans lui qu'elle assure la promotion de *Blues et gospels*. Ils ont tant rêvé ce livre ensemble ! N'est-ce pas ce qu'il attendait pour obtenir l'estime de sa mère ? Pour un peu, elle appellerait elle-même Betty. Mais Jerry est en froid avec la *femme de sa vie*. Et comme Rimbaud avec les exemplaires d'*Une saison en enfer* laissés à croupir chez son éditeur, il est déjà *passé à autre chose*.

À la réception des exemplaires de *Blues et gospels*, Marguerite a regardé d'un autre œil les photos de Jerry. Brusquement, elle a été frappée par le regard sensuel qu'il porte sur les jeunes Noirs des plantations de coton. Visages offerts. Provocateurs. Narquois parfois. Corps sublimes, aussi, souples et luisants. Comment ne l'a-t-elle pas remarqué plus tôt ? Ces jeunes gens ont dû sentir son désir. Ils ont dû en jouer ou s'en moquer, peut-être.

Elle ne peut qu'observer cette attirance irrépressible dont elle est exclue. Non, André Fraigneau n'est pas revenu du fond des âges pour conjurer le passé, mais pour le réitérer. Elle cherche à inventer l'avenir, mais à chaque nouvelle tentative, c'est son passé qui l'attend. Une image d'elle en amoureuse rejetée, implorante et pathétique.

Elle feuillette *Les Charités d'Alcippe*, son recueil de poèmes de jeunesse qui vient de sortir de presse.

Vous ne saurez jamais que votre âme voyage
Comme au fond de mon cœur un doux cœur adopté
Et que rien, ni le temps, d'autres amours, ni l'âge
N'empêcheront jamais que vous ayez été.

Ces vers écrits jadis pour Fraigneau, elle n'en changerait pas un mot, aujourd'hui. Mais au souvenir de l'écrivain cruel se superpose désormais la figure crucifiante de Jerry.

28

« J'aurais dû vous prévenir. »

Jean-Marie Grénier a donné rendez-vous à Marguerite dans un bar du Marais.

« Quand il m'a parlé de Daniel, Jerry m'a dit : “J'ai rencontré l'homme de ma vie.” Et à son regard, j'ai tout de suite su que c'était sérieux. »

Marguerite a beau ne rien apprendre de neuf, cela reste atroce à entendre.

« À la limite, reprend Jean-Marie, ce n'est pas ça, le problème. Le problème, c'est le Daniel en question. J'ai l'impression qu'il a la pire des influences sur Jerry. »

Il lui raconte que les deux garçons passent leurs nuits dans les bars et les saunas. Qu'ils ne dessoûlent pas de journées entières. Pire, Daniel aurait initié Jerry à la drogue.

« Je sais, dit Marguerite, qu'il lui est arrivé de prendre de la cocaïne.

– Mais pas en intraveineuse, observe Jean-Marie.

– Il se pique ?

– Daniel se pique, en tout cas. C'est une petite frappe, si vous voulez mon avis.

– Qu'entendez-vous par là ? C'est un *dealer* ?

– Je ne suis sûr de rien, mais je ne lui donnerais pas le bon Dieu sans confession. Et puis il a une façon de forcer Jerry à repousser sans cesse ses limites, comme s'il n'était qu'un petit joueur. Je suis sorti une paire de fois avec eux et ça m'a frappé. Jerry imite Daniel en tout. Il en rajoute, cherche à l'impressionner, comme s'il craignait d'être à la traîne. Tenez, je vais vous montrer quelque chose. »

Il extrait de son portefeuille une photographie qu'il tend à Marguerite. C'est une photo mal cadrée, surexposée à cause du flash. Elle a été prise dans un bar ou une boîte de nuit. On reconnaît Jerry à ses yeux, même si ses pupilles sont anormalement dilatées. Il est totalement nu. À ses tétons, des sortes de pendeloques en strass sont accrochées. Le souvenir des stripteaseuses transsexuelles de Tokyo revient à la mémoire de Marguerite.

« Qu'est-ce que c'est que ça ?

– On appelle ça des *piercings*. Je ne sais pas si Jerry a vraiment les tétons percés ou si ce sont seulement des *clippers*.

– Mais quel est le but ?

– Le plaisir, bien sûr. Dans le genre sadomasochiste. Ça vient d'Amérique. On fait faire ça dans des boutiques spécialisées, comme les tatouages. »

Marguerite hoche la tête, édifiée.

« Écoutez. Si j'ai un conseil à vous donner : n'emmenez surtout pas Daniel avec vous en Inde. Jerry m'en a parlé. Il est sûr de vous persuader, mais je vous assure que ce serait une très mauvaise idée. Pour Jerry, bien sûr. Mais d'abord pour vous.

– Je suis bien d'accord, mais maintenant je suis coincée. Jerry m'a prévenue qu'il ne partirait pas sans Daniel. Et moi, je ne peux partir sans lui.

– Alors annulez. C'est la meilleure chose à faire ! »

Elle ne répond pas. Renoncer à l'Inde ? Elle s'en sent incapable.

*

Amsterdam.

Elle a invité Daniel, pour tenter de faire mieux connaissance avant le grand départ. En pure perte. Le garçon est une anguille. Il ne la regarde jamais en face. Ne fait aucun effort pour entrer dans la conversation. Il se tient en retrait, l'air absent, un pli ironique sur son beau visage un peu mou. Souvent, il quitte précipitamment la table. Jerry le suit. La prennent-ils pour une imbécile ? Ils ne font aucun effort pour effacer les traces blanches sous leurs narines.

Elle a invité Johann Polak, son éditeur hollandais, pour passer la soirée de Noël avec eux. Espère-t-elle que l'atmosphère s'en trouvera allégée ? Quand les deux amants s'éclipsent d'un air mystérieux avant le dessert, elle est obligée de retenir ses larmes.

Johann Polak lui prend la main. Elle se raidit.

« Dites-moi franchement, que pensez-vous de ce jeune homme ? »

L'ami fait rouler sa coupe de champagne entre ses doigts.

« Difficile à dire. Il est à la fois poli et curieusement désinvolte.

– Je le trouve insolent, sous ses airs de sainte-nitouche.

– Intellectuellement, il ne m'a pas paru manquer de finesse mais on sent qu'il manque de vocabulaire. De références, aussi.

– Il est totalement illettré, vous voulez dire.

– Il a peut-être des excuses. Il est anglais, n'est-ce pas ? De quel milieu vient-il ?

– Populaire, je présume. Mais comment le saurais-je ? Il ne raconte rien sur lui.

– Où Jerry l'a-t-il rencontré ?

– Dans la rue.

– Dans la rue ?

– C'est ce que raconte Jerry. Il marchait dans Paris. À l'angle de la rue Jacob et de la rue Saint-Benoît, il a été comme foudroyé. Il a arrêté Daniel et ils ne se sont plus quittés.

– Donc ils filent le parfait amour ?

– Jerry ne me paraît pas rassuré. On voit qu'il cherche à l'impressionner.

– Il n'y a pourtant vraiment pas de quoi.

– Comment le trouvez-vous, physiquement ?

– Daniel ?

– Oui.

– Beau garçon, incontestablement. Et en même temps, il a quelque chose qui me dérange.

– Sa ressemblance avec Jerry ?

– Je ne pensais pas à cela. Ce garçon a quelque chose de malsain. Son teint jaunâtre…

– Il se drogue.

– Héroïne ?

– Je crois.

– Et Jerry ?

– Pas à ma connaissance. Mais je n'en suis plus très sûre. Je crains terriblement son influence sur Jerry.

– Vous voulez que je vous dise le fond de ma pensée ? En le voyant, je me suis tout de suite dit : tiens, voilà l'ange de la mort. »

29

À partir de quand la liberté sexuelle devient-elle débauche ? À quelles marques reconnaît-on qu'elle se teinte d'abjection ? À coup sûr un cap a été franchi. Plusieurs, même. D'amoureuse compréhensive, Marguerite est devenue spectatrice complaisante. Victime consentante. Puis victime tout court. La voici héroïne pathétique de mélodrame. *Un roman noir.* C'est par ces mots qu'elle qualifie, sans savoir que c'est le dernier, ce misérable épisode.

Ils sont à Bombay. Ils, c'est-à-dire Daniel, Jerry et elle. Ce n'est pas même un trio, puisqu'elle doit se contenter de tenir la chandelle. Et Jerry a perdu toute retenue. Devant Marguerite, dans le très chic restaurant de l'hôtel Taj Mahal, les deux amants s'embrassent à bouche que veux-tu.

Marguerite essaie désespérément d'attirer l'attention de Jerry. Elle change de tenue plusieurs fois par jour. De bijoux aussi. Tantôt ses grenats. Tantôt le collier de la discorde et de la réconciliation. Elle craint de mal choisir. Les pierres aussi portent le mauvais œil.

Un jour, alors qu'elle attend Jerry et Daniel dans le hall de l'hôtel pour une promenade en taxi, un Français vient se présenter à elle comme un admirateur fervent. Elle le prie de la laisser seule, mais rien n'y fait. L'homme est presque à ses pieds, tout près d'elle. Elle ne comprend rien à ce qu'il lui raconte et son haleine la dégoûte. Soudain, il tire une bague de sa poche et la lui tend. C'est un anneau d'or serti d'un lapis-lazuli. Elle refuse de le prendre. L'homme insiste : elle ne peut tout de même pas refuser son cadeau ! Le malaise qu'elle éprouve est irrépressible. Si seulement Jerry était là pour empêcher cet importun de l'incommoder ! Découragé, l'homme finit par partir après avoir laissé la bague sur ses genoux. Elle voudrait le rappeler mais elle est tétanisée. Elle garde les yeux fixés sur le bijou. Elle reconnaît un travail oriental, très raffiné. L'homme lui a menti. C'est sûrement un trafiquant. Elle voudrait se débarrasser de la bague. Elle la glisse dans son sac pour la faire disparaître. Après coup, elle ne cessera de se répéter que c'est cette bague qui leur a porté malheur.

*

Daniel est resté dans sa chambre toute l'après-midi. Se retrouver seule avec Jerry, même pour quelques heures, relève désormais du miracle. Elle en profite pour lui demander de l'accompagner dans un magasin de soieries. Elle sollicite son avis, en pure perte. Il parle sans cesse de Daniel, qui est tombé malade à cause de la climatisation. Il dit qu'il faudrait de l'argent pour acheter des médicaments dans une officine agréée.

« Il n'a pas de quoi payer ? demande Marguerite.

– Nous ne sommes pas en France. Les antibiotiques valent une fortune ici.

– Nous lui avons déjà avancé son vol et ses nuits d'hôtel.

– Vous êtes donc sans cœur ? Il s'agit de sa santé ! »

Le soir, pendant le dîner, Daniel est presque couché sur la table. Jerry a les yeux dilatés et paraît surexcité. Marguerite n'a aucun doute, il est sous l'emprise de la drogue. Elle tente de cacher son inquiétude et de se montrer de la meilleure humeur possible.

« J'aime beaucoup l'écharpe rose que j'ai achetée cette après-midi », déclare-t-elle d'un ton enjoué et naïvement coquet.

Daniel relève la tête à ces mots, la regarde d'un air ahuri et éclate de rire.

« Vous n'y voyez plus, ma chère, rétorque Jerry. Votre écharpe est jaune !

– Je veux bien croire que la lumière électrique modifie les teintes, mais je vous prie de croire qu'elle est rose.

– Je vous dis qu'elle est jaune !

– Enfin Jerry, je ne sais pas ce que vous avez bu, mais c'est vous qui n'y voyez plus clair. Mon écharpe est rose !

– Jaune !

– Rose, enfin !

– *Will you shut your fucking mouth?* »

Il a hurlé.

Tout le monde les regarde. Un garçon en blanc s'approche de leur table, prêt à intervenir. C'en est trop. Marguerite se lève, traverse la salle du restaurant de son pas à peine tremblant de chanoinesse et disparaît. Les deux compères rigolent de la stupéfaction des clients.

« Tu les as vus, ces connards ? s'esclaffe Daniel. On dirait qu'ils vont s'étouffer.

– Et elle ? La vertu descendue de son socle !

– Je crois qu'elle l'a vraiment mauvaise.

– Qu'elle boude ! Elle commence à m'emmerder avec ses grands airs.

– Qu'est-ce qu'on va faire ?

– Comment ça ?

– Si la vieille se tire ? Je te rappelle qu'on n'a pas une thune. »

Jerry est subitement dégrisé.

« Putain t'es vraiment trop con, soupire Daniel. Qui va payer la dope ? »

Il y a au moins dix minutes que Marguerite est partie, son dhal de lentilles à peine entamé. Jerry se rue jusqu'aux toilettes du restaurant. Personne. Il traverse les salons de repos. Monte à la chambre de Marguerite et toque à sa porte. Elle ne répond pas mais il sait qu'elle est là. Il demande pardon. Se fait suppliant. Elle continue de faire la morte. Il se met à hurler.

« *Open the door or I'll smash it to pieces! Understand, old bitch?* »

Joignant l'acte à la parole, il se jette sur la hache d'incendie fixée un peu plus loin dans le couloir et commence à défoncer la porte en ahanant comme un bûcheron fou. Il n'entend pas le personnel du palace qui l'a suivi dans sa course et parvient non sans mal à le désarmer. Il est plaqué au sol, écumant et hurlant, maîtrisé et calmé à grand renfort d'eau froide.

Le lendemain, pour se faire pardonner, il lui offre un petit Ganesh en peluche. Quand elle le voit sur le seuil de sa chambre avec son air piteux et l'adorable dieu à tête d'éléphanteau dans les mains, elle ne parvient pas à résister.

⋆

Le voyage se poursuit, absurde et malsain. New Delhi de nouveau. Jodhpur. Agra. Ils sont à peine arrivés à Jaipur qu'un violent accès de fièvre s'empare de Jerry.

Ils songent à une intoxication alimentaire. Marguerite elle-même a été prise de nausées peu avant de quitter Delhi – un cornet de légumes frits acheté dans la rue, contre toutes les recommandations des guides touristiques. Comme la fièvre persiste, ils pensent que Jerry a fait une insolation pendant la traversée du désert du Thar. Mais la toux augmente. Quand le médecin parle de paludisme, Marguerite et Jerry s'accrochent à cette piste. C'est surtout l'un pour l'autre qu'ils donnent le change. Dans leur tête, le nom terrifiant d'une autre maladie plane.

Imprononçable.

⋆

À Jaipur, la claustration des deux amants dans leur chambre livre Marguerite à elle-même. Prise d'une impulsion, elle se remet à *Quoi ? L'Éternité*, abandonné depuis plusieurs années. L'écriture redevient sa planche de salut. Et le troisième volet de sa trilogie autobiographique, qui a si longtemps tâtonné, commence enfin à trouver sa forme. Marguerite en a fini avec les souvenirs d'enfance par lesquels elle avait commencé son récit avant de l'interrompre. Elle a compris qu'elle ne parvenait décidément pas à raconter la suite de sa vie à la première personne, de manière limpide, directe, rectiligne. C'est pourquoi désormais, elle fabule, brode, se projette dans d'autres figures. De manière symptomatique, elle ne parlera désormais à ses amis du dernier volume du *Labyrinthe du temps* que comme de son *roman*.

Il y a tout de même un fil rouge autobiographique dans ce désordre de pages. La trame, c'est l'insensée généalogie de son imaginaire amoureux. Se raconter par ce prisme l'oblige à reconnaître la vérité : André Fraigneau n'a pas été le premier amour. D'aussi loin qu'elle se souvienne, le fantôme blond, tantôt ange, tantôt démon, l'a poursuivie.

Il y a eu ce poupon de Celluloïd dont le corps glabre la fascinait et qu'elle avait baptisé André – *André*, déjà ! Puis, dans les églises de Flandre, l'expérience du sacré face au corps crucifié du Christ, imprimant en elle un mélange de sensualité et de pitié. Plus tard, dans l'entourage d'une maîtresse de son père, Serge, un adolescent de treize ans qui la troublait par sa beauté maladive et son inexplicable cruauté envers elle. La tête d'un jeune homme détachée de la frise du Parthénon, dont elle avait emporté une carte postale, comme une promesse d'avenir. Rimbaud, bien sûr, comme toute adolescente. Et Saint-Just, l'ange exterminateur aux boucles soyeuses, l'Époux Infernal de Robespierre, auquel elle avait voué un culte, plus tard.

Panthéon de figures à peine réelles. Jusqu'à cette première attirance, à vingt ans, pour un jeune homme de chair et de sang. Un homme qui préférait les hommes, déjà, plusieurs années avant André Fraigneau. Un homme qui avait été le premier modèle d'Alexis.

Le second, elle avait tenté de l'expliquer aux amis de Jerry, ç'avait été le mystérieux Conrad de Vietinghoff. Son épouse, Jeanne, avait été la camarade de couvent de sa mère avant de devenir, bien plus tard, la maîtresse de son père. Pour Marguerite, Jeanne était, plus qu'une figure maternelle de substitution – elle répétait n'avoir jamais souffert de l'absence de sa génitrice –, l'incarnation de son propre idéal féminin. Quant à Conrad, c'était l'homme qui échappe toujours, la force qui fascine et détruit tout ce qu'elle touche y compris elle-même.

Dans ce nouveau chapitre de *Quoi ? L'Éternité*, c'est justement l'histoire de Conrad et de Jeanne qu'elle brûle de raconter. Conrad l'époux torturé, en proie à ses démons. Jeanne, l'épouse compréhensive mais bafouée ; le grand amour de son père Michel après avoir été, Marguerite n'en sait rien mais elle le fantasme, celui de sa mère, au cours de leurs jeunes années.

Alors toutes les cloisons éclatent. Vérité et fiction, hommes réels et œuvres d'art, passé et présent se confondent. Plus Marguerite écrit, plus elle s'identifie à Jeanne, se raconte à travers elle, rêve sa vie et celle des autres. Marguerite avoue l'inavouable en déguisant les lieux et les noms. Elle transpose à la Belle Époque le trio infernal qu'elle forme aujourd'hui avec Jerry et Daniel. Elle peint ce dernier sous les traits de Franz, un Bavarois douteux rencontré par Conrad.

Pour la dernière fois, elle fait jouer les échos qui traversent ses livres depuis plus de soixante ans. Elle brouille les pistes, ressuscite les bons anges inaccessibles et les cruels amants de la mort.

Qu'on ne cherche pas la vérité ailleurs que dans son œuvre.

30

Le médecin a préconisé à Jerry un séjour à Goa, l'air marin étant supposé soigner ses voies respiratoires.

Marguerite et Jerry préparent le départ. Daniel paraît indifférent à tout. Il se laisse embarquer comme un chat dans sa panière.

À peine arrivés, ils comprennent leur erreur. L'air torride, horriblement poisseux, aggrave l'état des voies respiratoires de Jerry. L'hôtel n'est pas climatisé. Le taux d'humidité est proche de cent pour cent. Marguerite a l'impression que le ciel transpire. Sur la plage, dans les rues, des bandes de hippies chassées d'Amsterdam s'alignent, comateuses, parmi les cadavres de bouteilles et les seringues usagées. Impasses de la vie errante. Quel vide intérieur a pu les arracher au lieu de leur naissance ? Échoués entre deux sacs d'ordures, une guitare déglinguée en guise d'oreiller, ces débris de la génération *peace & love* ont tous le regard vide de Daniel.

Enveloppée d'une houppelande ciment comme le ciel et les vagues, Marguerite cherche une trouée d'air ou de beauté. Jerry la suit, essoufflé, son appareil en bandoulière. Il s'immobilise derrière elle et la photographie une dernière fois, cette femme usée, granitique, qui paraît chercher à l'horizon la réponse à des questions informulées. Sur son profil sillonné de rides, à peine émergé de la cagoule grise, il devine la fine cicatrice de l'accident de Nairobi. Elle paraît si fragile. Usée. L'espace d'un instant, la tendresse envahit de nouveau Jerry. Un sentiment de culpabilité aussi, pour tout ce qu'il lui a fait subir. Mais une quinte de toux le reprend. Une idée atroce survient : et si, contre l'ordre même des choses, il mourait avant elle ?

*

« Combien vous reste-t-il de liquide ?

– Je ne sais pas. Pas beaucoup, au rythme où nous allons.

– Tu parles, elle est pleine aux as, intervient Daniel, la bouche tordue par la rage.

– Donnez-moi votre sac. Allons, ne faites pas d'histoires. »

Comme Marguerite ne se décide pas, Daniel se lève et lui arrache son sac à main. Il l'ouvre, sort le porte-monnaie, en tire tous les billets en soupirant. Il compte les billets.

« Elle n'a pas tout pris sur elle, c'est sûr. Jerry, tu as fouillé sa chambre ?

– Je n'ai pas une roupie de plus.

– Tais-toi la vieille, tu racontes des bobards.

– Vous laisseriez Daniel crever sans médicaments ? demande Jerry.

– Il ne s'agit pas de médicaments. Vous savez bien.

– On ne vous a pas demandé de nous faire la morale. »

Daniel met les billets dans sa poche, avant de balancer le sac à la figure de Marguerite. Il se lève et disparaît en direction de la plage.

*

L'après-midi est radieuse. Daniel, de meilleure humeur depuis qu'il s'est réapprovisionné, saute dans les vagues. Tremblant de désir, Jerry le regarde sortir de l'eau. Ses cheveux mi-longs plaqués en arrière dégouttent. À l'oreille gauche, un petit serpent d'or ondule. Les larmes salées de la mer d'Arabie roulent le long de ses biceps. Quel adonis ! Sans les piqûres sur ses bras, on le croirait en parfaite santé.

« Tu ne viens pas te baigner ? lui lance Daniel.

– J'ai froid.

– Froid ? On crève de chaud ! »

Jerry hausse les épaules. Il grelotte. Il sort son appareil et l'immortalise. Daniel vient s'étendre à côté de lui. Quelques instants d'éternité béate, dans le miroitement des vagues. Puis Jerry sent la fièvre le reprendre et ses poumons se remplir d'eau. Il se lève, suffoquant.

« Tu vas retrouver ta vieille ?

– Je vais me coucher. »

À peine est-il arrivé à l'hôtel, une quinte de toux le tord en deux. Il se penche pour vomir. Effrayé, il observe les glaires sanglantes qui maculent l'émail de la cuvette.

*

« C'est la tuberculose, décrète Marguerite avec une assurance forcée.

– La tuberculose ? Je croyais qu'elle était éradiquée.

– Pas partout. Il aura suffi d'une promiscuité avec des miséreux contaminés.

– Mais ça se soigne ?

– Pas ici. Il faut rentrer. »

Jerry proteste. Et la suite de leur voyage ? Le Népal ? Katmandou, leur rêve ?

« La prochaine fois, Jerry.

– Vous savez bien qu'il n'y aura pas de prochaine fois, lâche-t-il d'un air sombre.

– Qu'est-ce que vous racontez ? Nous reviendrons. Nous sommes toujours revenus. »

Il regarde au loin, son regard d'eau claire vide d'expression.

« Je n'ai pas la force de partir. Quitte à crever, je préfère encore que ça soit ici. »

Marguerite quitte brusquement la chambre de Jerry. Sur le seuil, elle se retourne.

« Faites vos bagages.

– Et Daniel ?

– Où est-il ?

– Je ne sais pas, il n'est pas rentré.

– Faites ses bagages aussi. Nous partons à Delhi dès qu'il sera là. »

*

L'heure du dîner. Daniel n'est toujours pas rentré. Rongé par l'inquiétude, Jerry veut se rendre sur la plage où il l'a laissé tout à l'heure. À peine pose-t-il un pied par terre qu'il doit se rallonger, terrassé par la fièvre. Marguerite est envoyée en reconnaissance. En vain. La soirée se passe dans les affres. À une heure, le téléphone sonne.

« C'est Daniel. Je suis au commissariat.

– Qu'est-ce qui se passe ?

– T'occupe, et écoute-moi. J'ai laissé mes papiers à l'hôtel. Il faut que tu me les rapportes immédiatement pour une vérification d'identité.

– Impossible, je suis au fond du lit.

– Sors-moi de ce trou, Jerry. Ça pue la mort.

– Je te dis que je ne peux pas bouger.

– Alors envoie ta vieille.

– …

– Envoie ta vieille, je te dis. »

*

« Ils l'ont gardé ? demande Jerry. Qu'est-ce qu'ils lui reprochent ? »

Marguerite est blême de fatigue et de colère. À son âge, devoir se rendre en pleine nuit dans un commissariat lépreux parce qu'un malfrat, une petite frappe qui ne lui est rien et qui lui prend tout, a passé les bornes de la décence, c'est trop.

« Apparemment, votre ami a fait une distribution de poudre à des gamins sur la plage. Avant d'arpenter le rivage à cheval. Intégralement nu. »

Jerry a du mal à se retenir de rire.

« Il était sous l'emprise de la drogue, reprend

Marguerite. Ils n'ont rien trouvé sur lui, et pour cause. Mais ils ont vu ses bras. Ils m'ont demandé le nom de l'hôtel.

– Ils vont rappliquer ?

– Je crois. J'ai entendu le mot "perquisition". Avons-nous quelque chose à cacher ? »

Jerry se redresse d'un bond. Pourquoi ne lui a-t-elle rien dit plus tôt ? Il y a ici de quoi les mettre au trou jusqu'à la fin des temps. Marguerite est blême. Va-t-elle se retrouver en prison pour de bon, la vraie prison, elle, l'académicienne, à son âge ? Jerry se met debout sur le matelas. Secoué de hoquets, il indique les planques. Dans les tiroirs du chevet. Sous le matelas. Derrière le miroir de la salle de bains. Ici, de petits sachets de poudre. Là, des cachets blancs. Et puis des seringues usagées. Il y en a partout. Jerry donne ses ordres en hurlant. Marguerite trotte d'un angle à l'autre de la pièce, une sueur froide le long du dos. Tout est collecté, rassemblé, méthodiquement jeté dans la cuvette des WC. Ça s'évacue mal, la poudre mousse, il faut tirer la chasse plusieurs fois. Enfin c'est fini. Jerry s'écroule.

« Il faut faire sortir Daniel, maintenant. Est-ce que vous vous êtes renseignée sur la libération ? Est-ce qu'on vous a parlé de caution ?

– Daniel ne sortira pas, Jerry. Pas tout de suite, du moins.

– Je l'attendrai, alors. Le temps qu'il faut.

– Jusqu'à en mourir ? Ne dites pas de bêtises. Il est urgent que vous rentriez. Et Daniel se débrouillera certainement tout seul.

– Il a déjà eu des ennuis avec la justice. S'ils le découvrent, ils ne lui feront pas de cadeau.

– Je le crois beaucoup plus résistant que ce que vous semblez craindre. Croyez-moi, il faut l'abandonner momentanément. »

Jerry plonge la tête dans son oreiller et se met à sangloter comme un enfant. Marguerite se raidit. Ce n'est pas le moment de céder.

« Je vais voir avec la réception pour organiser notre transfert. Nous partons demain. »

*

Vers minuit, Jerry toque à la porte de Marguerite. Il grelotte.

« Je n'arrive pas à dormir. »

Elle lui fait signe d'approcher et le prend dans ses bras.

« Doucement, geint-il. J'ai mal.

– Où avez-vous mal ?

– Partout. La peau. »

Elle songe à cette sensibilité douloureuse de l'épiderme, pendant l'état grippal.

« Retirez ce pyjama, il est trempé.

– Non !

– Mais pourquoi ? Le tissu mouillé vous blesse ! »

Elle commence à défaire les boutons du pyjama. Aussitôt, elle aperçoit l'ampleur du désastre. Des marbrures rouges, brunâtres, violacées, sur tout le tronc.

« Qu'est-ce que c'est ?

– Vous voyez bien.
– Est-ce lui qui vous a fait ça ? »

Jerry enfonce son visage dans le cou de Marguerite et se remet à pleurer.

Adieu, vive clarté

« Il y a ainsi de ces êtres, et ce sont souvent les plus frêles de tous, qui vivent à l'aise dans la mort comme dans leur élément natal. On parle souvent de cette espèce d'investiture des tuberculeux destinés à mourir jeunes ; mais j'ai vu quelquefois chez des garçons destinés à la mort violente cette légèreté qui est à la fois leur vertu et leur privilège de dieux. »

Marguerite Yourcenar, *Le Coup de grâce*.

31

22 mars 1985. Jerry fête ses trente-six ans à l'hôpital de Bar Harbor, à quelques kilomètres de Petite Plaisance. Il est persuadé que c'est son dernier anniversaire. L'interminable voyage Delhi-New York – vingt-deux heures, avec une escale au Moyen-Orient, une autre à Londres – a achevé de le démanteler.

Les poumons sont gravement atteints. Les fièvres nocturnes ne se dissipent pas. On a écarté l'hypothèse de la malaria. Pour le moment, on ne parle que de tuberculose. Mais il *sait*. Et s'il avait le moindre doute, les précautions du personnel hospitalier suffiraient à le dessiller.

D'un côté, il est résigné. L'avantage de l'épuisement, quand il ne s'accompagne pas de souffrances trop vives, est de lui rendre presque douce la glissade vers le gouffre. De l'autre, il se cabre. L'idée que Marguerite lui survive lui est intolérable.

La voici, justement. Elle porte un paquet enveloppé de papier de soie. Il l'ouvre : c'est la plaque de malachite qu'ils avaient convoitée ensemble deux ans plus tôt, à New Delhi. Avant le départ de Delhi, elle est retournée chez l'antiquaire, prise de la soudaine et superstitieuse certitude qu'elle était toujours là, à les attendre. Il est plus ému qu'il ne l'aurait cru. Il lui prend la main et la porte à sa joue. Dans sa joie, elle lui montre un autre achat, pour elle cette fois, une plaque d'agate azurée dont la cristallisation centrale dessine un cœur.

« C'est la couleur de vos yeux, dit-elle en approchant l'agate de son visage. Je le savais. Je vais lui donner un nom. Je vais l'appeler "le cœur de Jerry". »

Il ne répond pas. Ce turquoise laiteux évoque pour lui la mer de Goa. Soudain, le visage de Daniel vient s'interposer. Où est-il, en cette minute ?

*

Les équipements insuffisants de Bar Harbor, l'unique hôpital de *Mount Desert Island*, nécessitent un transfert sur le continent. Jerry reste plusieurs semaines à l'hôpital de Bangor, l'un des plus importants du Maine.

Il maigrit à vue d'œil. Les bacilles continuent d'attaquer ses poumons sans relâche.

« La tuberculose a été prise trop tard, explique le chef de service à Marguerite. Dans son état, un traitement ne ferait que l'affaiblir davantage. »

Elle n'a plus qu'une idée en tête : ramener Jerry sur son île. Elle sait que Petite Plaisance n'est pas adaptée, avec ses angles biscornus et son escalier trop raide. Mais la dévouée DeeDee, qu'elle ait compris que Jerry n'en avait plus pour longtemps ou se soit enfin persuadée qu'elle ne pourrait jamais contrer la passion de Marguerite, met à la disposition du malade un petit appartement, à dix minutes à peine de Petite Plaisance. Jerry n'aura qu'à traverser le jardin pour venir dîner avec Marguerite. Stanley Cranston, son ami galeriste, a proposé à Marguerite de venir assister Jerry dans ses fièvres nocturnes.

Absurdement, elle reprend espoir. Elle est sûre que le bon air, l'arrivée prochaine du printemps, le spectacle des arbres et des oiseaux ramèneront Jerry à la vie.

Mais la catastrophe est têtue. Et quand les résultats d'analyse sanguine leur sont communiqués par le chef de service, le monde s'écroule pour de bon.

⋆

AIDS. Elle connaît le mot en anglais, bien sûr. L'anagramme sinistre du SIDA. C'est presque un palindrome, il suffit de retourner les lettres fatales. Syndrome d'immunodéficience acquise. Elle sait que ces lettres valent pour sentence de mort. En anglais, cela paraît presque moins sinistre. À une lettre près, cela fait AIDES. Mais qui appeler à l'aide ?

Elle n'est pas sûre de bien comprendre, en outre, si le sida de Jerry est déjà déclaré. On lui répète que le virus est en lui et n'en sortira jamais. Qu'à cause du virus, il est immunodéprimé. Mais que le virus – *HIV* ou VIH en français – n'est pas le *SIDA*. Pas encore, du moins. Le médecin l'a assuré : le pire n'arrivera pas tout de suite. Il reste à Jerry quelques défenses avant que tout ne cède. Son organisme va se battre avec les moyens du bord. Depuis quelques mois, on expérimente un nouveau médicament, l'AZT, qui retarde la destruction du système immunitaire. Alors Marguerite s'accroche à ça. Pose des questions sur ce nouveau protocole dont

Jerry pourrait bénéficier. Sur la recherche. L'espoir d'un vaccin.

Pas Jerry.

Jerry ne veut rien savoir. Jerry ne sait rien si ce n'est qu'il est perdu.

Sitôt qu'il a eu la confirmation par les résultats du laboratoire de ce que lui disait son intime conviction, il a plongé.

HIV +. Lettres d'infamie. Ce n'est pas seulement la mort – la mort paraît presque douce, comparativement. C'est la honte. Le fer rouge. Une fin de paria.

« Je sais ce que va dire ma mère, répète-t-il entre deux crises de larmes. Que je récolte ce que j'ai semé. Et elle aura raison. Je ne suis qu'un raté. Une erreur de la nature.

– Je vous interdis de parler ainsi. Vous leur donnez raison.

– C'est la vie qui leur donne raison. J'ai tellement honte !

– Vous n'avez pas à avoir honte de quoi que ce soit. Ce n'est pas un châtiment.

– C'est une maladie de pédé. *LA maladie des pédés.*

– La maladie et vos désirs sont deux choses différentes. Sans rapport aucun.

– Qu'est-ce que ça change ? De toute façon je vais crever. Seul comme un chien.

– Ne dites pas d'insanités.

– On aurait mieux fait de ne pas abandonner Daniel. S'il était là, il s'occuperait de moi. »

Marguerite fait exprès de ne pas relever. Depuis leur retour, elle a soigneusement évité le sujet Daniel. Mais elle sait que Jerry n'est pas guéri de lui. Elle est presque certaine que, d'une manière ou d'une autre, il a eu des nouvelles. L'ange de la mort est-il malade, lui aussi ? Est-il encore en Inde ? A-t-il rejoint Paris ? Elle préfère n'en rien savoir. Elle le tient pour responsable de tout. Et Jerry est à elle seule, désormais.

« Vous savez bien que je suis là, reprend-elle d'une voix douce.

– Je ne veux pas que vous preniez des risques en m'approchant.

– Le médecin m'a parfaitement renseignée sur les modes de contamination. Ce n'est pas en vous épongeant le front ni en vous prenant la main que je risque quoi que ce soit.

– Vous n'êtes pas en état de vous occuper de moi, bon Dieu ! Vous en avez assez fait comme ça. Et vos amis ne vous laisseront pas faire. Pour eux, je suis un pestiféré.

– Jusqu'à preuve du contaire, je suis encore maîtresse chez moi. »

Mais Jerry a raison, la panique a gagné Petite Plaisance. Dès qu'elle a appris ce qu'il en était, Ramona a préféré rendre son tablier. Georgia, la nouvelle femme de ménage, s'inquiète tout haut de devoir donner des soins au malade. Même DeeDee préférerait voir Jerry retourner à l'hôpital. Il cède, contre l'avis de Marguerite. Il prétend préférer les soins des professionnels. Le décor livide et aseptisé de l'hôpital a quelque chose de purifiant, fanfaronne-t-il. Une cuvette émaillée, où laisser couler sa carcasse pourrie avant de tirer la chasse.

Mais les hôpitaux non plus ne peuvent pas le garder indéfiniment. Certains services – la pédiatrie, les accouchements – sont pris à partie par les familles des patients qui craignent la contagion. Les établissements de l'État se renvoient les malades comme des patates chaudes. Jerry est transféré à New York. Marguerite est trop fatiguée pour le suivre. Ni DeeDee, ni Jeannie Lunt ne veulent faire la route.

Une fois sur place, Jerry appelle pour dire à Marguerite sa joie d'être revenu dans la ville qui ne dort jamais, la cité des parias, des gays et des toxicos. Sautant du désespoir au cynisme, il dit son espoir qu'on le laisse mourir là, avant de disperser ses cendres au-dessus de l'Hudson. Marguerite le supplie de cesser de parler de sa fin. Il ricane avant de lui raccrocher au nez.

Dans les jours qui suivent, qu'il n'ait plus la force ou l'envie de décrocher le téléphone, il est de moins en moins facilement joignable. Puis plus du tout.

32

C'est de son propre fait. Il a décidé de couper avec tous ses amis, Marguerite comprise. Comme toujours quand il est au fond du trou, c'est auprès de la *femme de sa vie* qu'il espère trouver du réconfort. Il appelle Betty de New York, un soir. Prend sa voix de petit garçon pour lui dire qu'il est malade, très malade. Inutile de prononcer le mot fatidique et salissant, Betty a très bien compris. Que Jerry ne s'occupe de rien, elle se charge de le rapprocher de la maison.

En réalité, le seul hôpital à même d'administrer les traitements appropriés est celui de Little Rock, à une grosse heure de route de la ferme familiale. Au prétexte que les trajets seraient trop épuisants, Betty lui a loué un petit appartement dans le centre-ville. À peine arrivé, Jerry se sent pris au piège. Il ne connaît personne ici. Il ne voit personne. Sa famille ne semble nullement disposée à le laisser rentrer à la maison. Sans doute craint-elle qu'il les contamine.

*

Rejeté par maman, Jerry appelle Marguerite. Elle revit au son de sa voix. Elle veut tout savoir. Il n'a rien à raconter que les soins quotidiens, les perfusions, trois par semaine, qui le laissent plus mort que vif. Elle est scandalisée par le quasi-abandon où Jerry se trouve. Elle prend Paolo Zacchera à témoin, comme s'il était le seul ami de Jerry au monde à part elle-même, le seul dans leur entourage à pouvoir faire preuve d'empathie.

Les nouvelles de Jerry sont très mauvaises. La tuberculose de ses deux poumons est incurable, et a gagné aussi les os. C'est une question de mois. Au cours des trois derniers mois, il est allé dans quatre hôpitaux différents dans le Maine, à New York et enfin à Little Rock dans l'Arkansas, plus ou moins près selon les standards américains de sa famille, qui vit à Dumas, petite ville de l'Arkansas à 900 ou 1 000 miles de là.

L'inhumanité réelle ou fantasmée de Betty la révulse et la venge tout à la fois. Pourquoi avoir fait revenir son fils si c'est pour le laisser crever de solitude ? Est-ce seulement pour récupérer son cadavre ? Jerry est hors de sa portée à elle, Marguerite, mais il ne peut plus ignorer à quoi s'en tenir au sujet de la *femme de sa vie*.

Soudain, elle sursaute. Si Jerry meurt… mais Jerry va mourir, inutile de se voiler la face. Si Jerry meurt, et si elle meurt elle-même avant d'avoir changé son testament, c'est Betty qui aura Petite Plaisance. Betty ! Il faut immédiatement voir le notaire.

*

Un appel hebdomadaire. Ce sera, au cours de ce dernier été, son unique lien avec Jerry. Certains jours, le malade fait montre du plus grand stoïcisme. Marguerite ne peut retenir ses sanglots quand il lui affirme d'un ton solennel n'en avoir plus pour longtemps. Il réplique : *Ne vous dites pas que c'est un grand malheur. Dites-vous que c'est une grande expérience.*

Le plus souvent, il est amer et sarcastique. Malgré les protestations de Marguerite, il lui lit les recettes de *Suicide, mode d'emploi*, le scandaleux best-seller de Claude Guillon et Yves Le Bonniec. Lui demande de choisir pour lui le meilleur moyen de se supprimer.

Il a emporté dans l'Arkansas son exemplaire dédicacé d'*Un homme obscur*. Il n'a pas vraiment la force de lire mais il en parcourt des pages. À présent, la parenté de la brève trajectoire de Nathanaël avec la sienne lui crève les yeux. L'image du corps du héros dévoré par une fluxion de poitrine après avoir été retrouvé sous la neige le hante.

« Vous rendez-vous compte de votre perversité ? Vous me dédiez un livre dont le héros me ressemble, c'est vous-même qui le dites, et ce héros meurt des poumons, comme un chien !

– Qu'est-ce que vous racontez ?

– Je sais ce que je dis. Vous m'avez jeté un sort.

– Taisez-vous, pour l'amour du ciel.

– Vous aviez besoin que je meure, pour votre Grand Œuvre. *Fucking witch!* »

⋆

Au début de l'été, les traitements semblent produire quelques résultats. Jerry dort, respire mieux, reprend du poids. Il parle à Marguerite de « rémission ». Même si ce n'est pas un médecin qui l'a prononcé, elle s'accroche à ce mot. Elle entend « rémission complète », répand la bonne parole auprès de son entourage, qui garde un visage fermé.

La rechute est rude. Les poumons de Jerry se remplissent de nouveau d'un mélange de pus et de sang. Les os sont atteints. Sa main se paralyse et il devient aveugle durant plusieurs jours. Dès qu'il recouvre la vue, il annonce à Marguerite son retour dans le Maine.

« Vous n'allez tout de même pas prendre la route dans votre état ?

– *Holy shit!* Ça a l'air de vous faire plaisir de me revoir.

– Il ne s'agit pas de cela. Je ne veux pas que vous aggraviez les choses.

– Les choses ne peuvent pas être pires. Les médecins que j'ai vus hésitent entre trois et six mois d'espérance de vie. Et de toute façon ils ne peuvent pas me garder ici.

– …

– Je veux mourir à Petite Plaisance. »

33

Jerry a confirmé son retour. Marguerite est écartelée entre la joie et la terreur. Elle redoute de le trouver encore plus marqué par les progrès de la maladie. Elle craint surtout qu'il ne soit invivable alors qu'elle-même se sent à bout de souffle. *Quoi ? L'Éternité* est à l'arrêt. Elle ne dort plus. Comme si le trauma de l'accident de Nairobi ne se faisait vraiment sentir que maintenant, ses ligaments s'enflamment, l'obligeant à rester alitée une partie de la journée.

Pour peupler sa solitude, elle a proposé à Joan Howard de séjourner de nouveau à Petite Plaisance. Jerry a croisé la jeune femme à quelques reprises. Leur antipathie est réciproque. Joan ne comprend pas que ce compatriote médiocre ait pu se substituer à l'admirable Grace dans le cœur de Marguerite. Jerry soupçonne Joan de chercher à prendre sa place. Quand il a su qu'elle allait traduire *Souvenirs pieux*, jamais paru en anglais à cause de la maladie de Grace, il en a fait une jaunisse. Marguerite n'avait-elle pas jusqu'ici préféré ne plus être lue en Amérique plutôt que d'être traduite par qui que ce soit d'autre que sa fidèle compagne ?

Sans la comprendre, Marguerite s'est aperçue de cette animosité entre ses deux protégés. Elle appréhende leurs retrouvailles. Le cœur serré, elle se résout à demander à Joan de quitter provisoirement Petite Plaisance. Mais la jeune femme refuse de laisser Marguerite seule en butte aux crises de Jerry. En désespoir de cause, Marguerite téléphone à Jean-Pierre Corteggiani. L'égyptologue dévoué sait parfaitement ce dont Jerry est capable. Il saute dans le premier avion et s'installe dans le motel de Northeast Harbor. En cas de problème, il se dit prêt à débarquer.

Le 5 septembre, Jerry déboule. Marguerite éprouve un choc en le voyant dans l'encadrement de la porte, hagard, le teint cireux, la peau du visage comme tendue sur le crâne.

« Vous n'avez jamais vu de fantôme ? »

Il entre sans attendre d'y être invité. En apercevant Joan dans le parloir en train de prendre le thé, il se paralyse. Incapable de la saluer, il s'apprête à monter directement.

« Jerry, lance Marguerite, nous avons pensé que si vous teniez absolument à loger ici, il serait préférable pour vous de coucher en bas.

– Jusqu'à preuve du contraire, je suis encore capable de grimper un escalier.

– Je n'insiste pas. Mais la chambre de Grace n'est pas libre.

– Qu'est-ce que ça signifie ?

– Georgia vous a préparé la chambre du fond. Vous y serez mieux. »

Jerry se tourne vers Joan, absorbée par le spectacle du fond de sa tasse.

« Ne me dites pas… elle n'a tout de même pas pris *ma* chambre ?

– Nous ne vous attendions pas, Jerry.

– Qu'elle me réponde, elle. *Look at me, Joan. Did you take my fucking bedroom?* »

La jeune femme garde la tête baissée. Dans son visage émacié, les yeux de Jerry sont presque transparents. Ses yeux à la pupille rétrécie. Ses yeux de fou.

Il jette son sac par terre.

« Ce n'est pas ta chambre, Jerry, lance Joan sans le regarder. C'est celle de Grace. »

Marguerite a l'impression que Jerry va se jeter sur Joan. Mais il trébuche sur son sac et s'écroule dans un fauteuil. Marguerite en profite pour courir appeler Jean-Pierre Corteggiani. L'égyptologue débarque aussitôt. Jerry se redresse dès qu'il le reconnaît. Toute la rancœur des dernières années, le désastre du voyage en Égypte, la sensation amère d'avoir des rivaux plus talentueux que lui remontent dans sa trachée en une coulée bilieuse. Il saute à la gorge de Jean-Pierre, ses forces décuplées par la colère. L'égyptologue a la carrure d'un rugbyman. Il immobilise Jerry de ses grosses pattes en lui parlant comme un père à son gamin en colère. Ce mélange de douceur et de force achève d'exaspérer Jerry. Il donne des coups de poing dans le vide, se déchaîne en insultes, avant de s'effondrer, hirsute et sanglotant.

« Vous me haïssez tous, n'est-ce pas ? Rassurez-vous. C'est la dernière fois que vous me voyez vivant. »

★

Les cinq jours que Jerry passe à Petite Plaisance sont un cauchemar. Il n'a pas eu gain de cause pour la chambre de Grace. Alors il reste en bas, sur un canapé, refusant toute amélioration de son confort pour mieux donner mauvaise conscience à Marguerite et à Joan. La nuit, il se relève, cherche l'alcool, vide les bouteilles. Le jour, les accrochages avec Joan se multiplient. À plusieurs reprises, Marguerite tente d'amadouer Jerry. Jean-Pierre aussi cherche à jouer les intermédiaires. À chaque fois, Jerry explose.

« Je ne vous demande rien, juste de me laisser crever en paix !

– Vous ne pouvez pas finir vos jours dans le salon d'une dame qui a elle-même beaucoup de problèmes de santé ! explique l'égyptologue. Ce n'est souhaitable ni pour vous ni pour elle.

– Où veut-elle que j'aille ? Je n'ai pas de villa à Beverly Hills comme Rock Hudson ! »

Jerry est obsédé par l'ancienne star hollywoodienne. La psychose qui a accompagné la révélation du sida de Rock Hudson, l'obligation qui lui a été faite de quitter l'hôpital américain de Neuilly et son retour cataclysmique dans un Boeing affrété pour lui seul après que toutes les compagnies aériennes se sont défaussées l'ont rempli du plus vif sentiment d'injustice. Marguerite aussi est profondément choquée par ce traitement inhumain réservé aux malades, notamment à ceux qui ont le courage d'avouer ce dont ils souffrent pour faire reculer l'ignorance. Ils n'ont cessé de parler du cas Rock Hudson au cours de leurs conversations téléphoniques. Et maintenant elle le chasse ? Maintenant, lui aussi est *persona non grata* ?

Puisque c'est comme ça, Jerry retournera en France

pour y crever. Il prendra un avion, cachera son état de santé au personnel de bord si jamais on a l'outrecuidance de l'interroger sur sa maigreur. C'est sa nouvelle lubie. Sa vie doit se terminer à Paris, dans des flots de champagne et des montagnes de cocaïne, parmi les seuls êtres qui ne l'ont jamais rejeté.

Quand il quitte Petite Plaisance, Marguerite ne peut retenir ses larmes. Elle est persuadée qu'elle ne le reverra pas. Une fois encore, elle se trompe.

34

Il n'est pas parti depuis huit jours qu'elle fait une crise cardiaque. Elle est hospitalisée d'urgence à Bar Harbor, puis à Bangor, sur le continent, pour y subir une batterie d'examens. Lieux tristement familiers où elle, Grace et Jerry n'ont cessé de revenir, comme s'ils retombaient fatalement, les uns après les autres, sur la case prison du jeu de l'oie.

Jeannie Lunt prévient Jerry. Il saute dans un avion, décidé à prendre le contrôle des opérations de sauvetage. Retour de tendresse de l'ami dévoué ? Besoin vital de se sentir utile, d'inverser la vapeur en donnant des soins au lieu d'en recevoir ? Peut-être, aussi, l'espérance inavouable que l'ordre naturel des choses se rétablisse. *Qu'elle meure avant lui.*

Dès son arrivée, il fonce à l'hôpital. Quand elle le voit, Marguerite les croit tirés d'affaire tous les deux. Son ange adoré n'est-il pas revenu de l'enfer pour lui tenir la main ?

N'écoutant pas sa fatigue, Jerry s'active sans broncher. Il multiplie les allers et retours entre Bangor et Petite Plaisance, rapporte linge frais et produits pharmaceutiques à Marguerite, masse ses jambes avec de la vaseline pour lui éviter les escarres, reste à ses côtés quand elle dort. Il s'entretient avec les infirmières et le chef de service. L'opération nécessitera un nouveau transfert à l'hôpital de Boston, qui dispose d'un service entièrement dédié.

Un matin que Marguerite se repose après avoir subi une angiographie, Jerry entre dans sa chambre.

« J'ai quelque chose pour vous. »

Il tient à la main la plaque de malachite qu'elle lui a offerte pour son anniversaire.

« Je voudrais que vous la gardiez. S'il devait vous arriver quelque chose et que je ne puisse être auprès de vous, j'aimerais que vous l'ayez sur vous. »

Elle lui sourit, les yeux mouillés de larmes.

« Je sais que vous avez déjà "le cœur de Jerry", reprend-il. Mais celle-ci, c'est notre plaque à tous les deux. En ce moment, je sens que vous en avez besoin plus que moi. Alors gardez-la. Ce sera ma manière de rester en votre compagnie. »

Elle tend la main, prend la plaque enveloppée de papier de soie, la pose près d'elle et laisse retomber son bras. Elle voudrait dire quelque chose mais la fatigue l'en empêche. Elle tente de se redresser, mais avant d'avoir le temps de comprendre ce qui se passe, elle a la sensation vague de quelque chose qui glisse sur le côté du matelas. Aussitôt après retentit un bruit net, cristallin, presque musical. La plaque s'est brisée en tombant.

« Non ! »

Rien ne pourrait la désespérer davantage. Cette plaque venue du fond des sols et des âges, cette merveille qui les a attendus deux ans chez le même bijoutier, détruite en une seconde par sa seule maladresse et au moment précis où Jerry vient de la lui confier comme un substitut de lui-même ? Comment ne pas y lire un affreux présage ?

Jerry ramasse les morceaux. Elle les regarde d'un air navré.

« Notre talisman… », murmure-t-elle.

Il lui prend la main. Il a l'air d'un vieux sage brusquement.

« Allons, Marguerite. Rien ne dure, vous me l'avez assez répété. Cette plaque n'était pas plus promise à l'immortalité que les tombeaux des pharaons. Je sais, c'est bien pour ça qu'il fallait en prendre soin. Mais notre plaque de malachite a vécu sa vie. Une vie longue et splendide. Et puis vous avez entendu le son sublime qu'elle a rendu en se brisant ? Un son digne d'elle. Un son presque humain. La voix des choses. »

Il se lève pour prendre congé.

« Au fait, vous avez appris la nouvelle ? »

Hébétée, elle le regarde, les mains toujours serrées sur les morceaux de malachite.

« Rock Hudson est mort. »

*

Boston, Massachusetts General Hospital. Marguerite vient d'être opérée d'un quintuple pontage. Lentement, les effets de l'anesthésie générale se dissipent.

Elle aperçoit, en contre-jour, une silhouette diaphane. Son ange. Le poupon de Celluloïd auquel elle aimait tant donner le bain. Elle voudrait tendre la main, le prendre dans ses bras, mais rien ne bouge, ses membres n'obéissent pas. Elle sombre de nouveau. Erre dans les couloirs infinis de son labyrinthe temporel. Quand elle rouvre les yeux, l'ange est toujours là. Elle le reconnaît, venu du fond des âges. Il a troqué son air dur contre un regard plein de commisération. Elle a trente ans de nouveau et cette fois, il ne la rejettera pas.

« André ! » murmure-t-elle d'une voix pâteuse.

Jerry se rapproche, incrédule.

« C'est moi. C'est Jerry. Vous ne me reconnaissez pas ?

– André ! » répète-t-elle sur le ton avec lequel elle demanderait « À boire ! ».

Il essuie un peu de bave au coin de sa bouche.

« Qui est André ? Votre ami grec ? »

Elle tourne la tête, de droite à gauche et de gauche à droite, furieuse. Pourquoi ne veut-il pas comprendre ? Pourquoi refuse-t-il d'admettre la vérité ? Est-ce qu'il ne sait pas à quoi s'en tenir sur lui-même ? Est-ce qu'il peut ignorer qu'il est André, le seul, *l'unique André* ?

Elle sombre de nouveau.

Dans les limbes qui précèdent l'éveil définitif – à mesure qu'une douleur vague et lancinante se fait davantage sentir –, des noms dansent dans sa tête, débris d'une exaspérante énigme qu'elle se croit sur le point de résoudre. Crayencour. Yourcenar. Michel de Crayencour. Marguerite de Crayencour. Marguerite Yourcenar. Jeanne de Vietinghoff. Egon de Vietinghoff. Jeanne de Reval. Conrad de Reval. Éric von Lhomond. André. André Embiricos. André Fraigneau. Grace. Grâce. Grâce à Grace. Grace Frick. Frick Collection. *Le Cavalier polonais*. Rembrandt. *Deux Noirs*. Le Mont-Noir. Monts-Déserts. Le désert. Daniel. Jerry.

Sa vie résumée à une série onomastique. À une suite numérale sans numéros. Il y a une cohérence dans tout cela, pourtant. Une logique immanente qui n'en finit pas de remonter à la surface. Échos de sonorités. Échos d'affects. Gémellité et contrepoints partout. Dédoublements lumineux et maléfiques. Mais quel est le sens de tout ça ?

« Madame ? Vous voulez quelque chose ?

– De l'eau. J'ai atrocement soif. »

*

L'opération, lui dit-on, a réussi. Marguerite n'aspire maintenant qu'à se rapprocher de Petite Plaisance. Tout lui est intolérable dans cet hôpital gigantesque et surpeuplé. La promiscuité, le bruit incessant, les lumières crues rallumées en pleine nuit pour lui administrer des soins, les odeurs musquées des bassins non vidés qui lui portent sur l'estomac, les purées sans autre saveur que celle du récipient en plastique dans lequel elles ont été réchauffées. Elle se plaint à Jerry dès qu'il arrive. Elle se sent rabaissée, avilie, traitée comme une grabataire ou une clocharde. Elle est persuadée qu'on lui manque volontairement d'égards. Quand elle a mal, elle a beau sonner, personne ne vient. Comble de l'infortune, elle partage sa chambre avec une démente qui fume en cachette malgré l'interdiction.

Jerry lui caresse la main, un sourire aux lèvres.

« Vous croyez que je ne sais pas ce que c'est qu'un hôpital ? »

Après dix jours, elle est reconduite en ambulance

à Bar Harbor, sur son île. Jerry vient lui dire adieu. Il doit rentrer à Paris le lendemain pour suivre un nouveau protocole. Marguerite veut y croire. Le mot « rémission » flotte encore dans son esprit. Projection de sa propre sensation de mieux-être ? Elle lui a trouvé meilleure mine et meilleur moral que début septembre. Ne serait-il pas temps de songer à l'organisation de leur voyage au Népal ?

Il sourit. Il sait qu'il est sur la crête, au sommet de la dernière vague, celle qui s'apprête à l'engloutir pour de bon. Mais il ne veut pas brutaliser son espérance alors qu'elle est encore si friable, et que tout a été si doux, sans nuages, cette fois.

« Vous reviendrez, n'est-ce pas Jerry ? »

Il le sait, elle pas encore : ils ne se reverront pas.

35

« Daniel est revenu. »

Marguerite déglutit avant de faire répéter Jean-Marie. Il donne des précisions. Les deux compères se sont réinstallés rue Pavée, dans l'ancien appartement de Maurice. Alcool. Drogues dures. Disputes violentes. L'ultime saison en enfer vient de s'ouvrir et l'ange de la mort ne va pas manquer d'asséner le coup de grâce. Mauvaise parodie rimbaldienne. Et les vers de Baudelaire reviennent lui crucifier le cœur.

J'entends déjà tomber avec des chocs funèbres
Le bois retentissant sur le pavé des cours.

Maudite rue Pavée. Elle imagine la porte cochère de l'ancien hôtel particulier se refermer sur Jerry comme le couvercle d'un cercueil.

L'échafaud qu'on bâtit n'a pas d'écho plus sourd.

« Vous l'avez vu ?

– Oui.

– Dans quel état est-il ?

– Désastreux.

– Vous lui avez dit de m'appeler ? Il ne peut pas me laisser sans nouvelles.

– Il va vous appeler. Mais il est à court d'argent, j'aime autant vous prévenir. »

Quand Jerry téléphone pour réclamer trois mille dollars, Marguerite a eu le temps de se cuirasser. Elle s'exprime prudemment, persuadée que Daniel tient l'écouteur.

« Que voulez-vous faire d'une somme pareille, Jerry ?

– Me payer des vacances.

– Où donc ?

– À Fire Island.

– Encore ! »

L'été dernier, il lui a déjà fait la même demande. Ce paradis gay devenu mouroir de luxe pour riches Américains malades du sida est devenu son idée fixe.

« Vous n'avez pas envie que je me rapproche de vous ? larmoie Jerry.

– Ne jouez pas avec mes sentiments. Vous êtes dans un nouveau protocole. Vous savez aussi bien que moi que ce n'est pas le moment de prendre l'avion.

– J'en ai assez de jouer les cobayes. Je veux m'amuser un peu avant de partir en fumée.

– Ce n'est pas drôle.

– Vous préférez que je me foute en l'air tout de suite ?

– Taisez-vous, pour l'amour du ciel !

– Vous qui êtes spécialiste du suicide, pouvez-vous me dire quelle dose de poison je dois ingurgiter pour ne pas me rater ? »

Marguerite, accoutumée à ses fanfaronnades, ne le prend pas au sérieux.

*

Par une après-midi de novembre, l'un de ces jours sales et misérables où le ciel bas et lourd pèse comme un couvercle, Jerry se rend au Ritz. Il s'installe au bar d'un des beaux salons ornés de boiseries où il lui est arrivé de déjeuner avec Marguerite. L'atmosphère est parfaite. Lumières tamisées, plantes exotiques en pot, dorures des tableaux rallumées par la flambée rougeoyante qui crépite dans la cheminée. Le pianiste effleure des standards de jazz qui rappellent à Jerry leur première croisière sur la mer des Caraïbes. Il demande du champagne et profite de ce que le serveur a le dos tourné pour avaler un tube de barbituriques. Il s'effondre, tête aplatie sur le marbre du bar. Branle-bas de combat des serveurs. Ils évaluent la situation avec doigté avant d'évacuer discrètement Jerry par la porte arrière du palace. Lavage d'estomac et retour en ambulance rue Pavée après vingt-quatre heures d'observation.

« Même pas capable de réussir ton suicide ? lui jette à la figure un Daniel plus sarcastique que jamais. T'es vraiment un minable. »

Jerry retourne au Ritz. Mais alors qu'il s'apprête à ingurgiter son tube de barbituriques, le serveur le reconnaît et demande qu'on vienne lui prêter main-forte. Jerry proteste, gesticule et crie un peu avant de s'écrouler en sanglots. Le SAMU est appelé. On transfère Jerry à Sainte-Anne. Il s'en échappe au bout de quelques jours et revient s'échouer rue Pavée. Il répète qu'il n'en peut plus, qu'il ne tiendra jamais, qu'il n'a pas le courage d'aller au bout de cette agonie. Daniel se lève de sa chaise, prend un couteau de cuisine et le plante sur la table.

« Voilà la solution que tu cherches ! »

Huit jours plus tard, Jerry retourne au Ritz, le couteau de cuisine dans sa poche. Cette fois, il évite le bar. Il se présente à la réception et demande une suite pour la nuit. Il s'est décidé pour une fin à la Zénon. Marguerite ne sera-t-elle pas fière de lui si, après la noyade ratée dans le Nil d'après Antinoüs, il réussit du moins à imiter son cher alchimiste ? Il prend possession de la chambre, s'allonge sur le lit king size, tente en vain de se masturber, hésite à appeler le *room service* pour une coupe de champagne, allume la télévision et fait défiler les programmes.

Plus tard dans la soirée, il se fait couler un bain brûlant. Il jette ses affaires un peu partout, sur le lit, les banquettes, les fauteuils Louis XVI. Une fois dans la baignoire, il contemple son corps amaigri, où les marbrures du sarcome de Kaposi et les traces des coups que Daniel lui a portés ces derniers jours se confondent. Il taillade ses poignets. Son sang, ce sang malade qui lui fait tant horreur, rougit instantanément l'eau. L'odeur ferrugineuse le prend à la gorge. Il se laisse glisser dans les vapeurs. Mais l'estomac lui pèse. Des fourmillements désagréables le font tressaillir. Et il a froid. De plus en plus froid. Malgré lui, il pousse des gémissements. Des femmes de service, dans le couloir, entendent ses plaintes et contactent la réception.

La porte enfoncée s'ouvre sur une scène de crime.

*

C'est Jean-Marie qui apprend à Marguerite les trois tentatives de suicide Elle est effondrée. Se peut-il que ce qui lui a toujours paru le plus digne effort de la liberté humaine pour échapper à sa condition lui semble soudain si abject ? Est-ce parce que Jerry n'a pas réussi ? Parce que les détails de l'exécution sont toujours si sordides, si inévitablement matériels ? Pauvreté misérable de la poussière dont nous sommes faits ! Il faudrait pouvoir disparaître dans l'éther et ne jamais retomber au sol. Mais le choix ne nous est donné qu'entre finir en bouillie sanglante, nous balancer comme un jambon au bout d'une corde ou sentir nos entrailles se consumer sous l'effet du poison.

« Dites-lui de m'appeler.

– Il n'est plus en état d'écrire ni de téléphoner.

– Alors aidez-le. Tenez-lui le combiné.

– Vous savez, on ne lui rend pas visite comme ça. Sous prétexte que Jerry est épuisé, Daniel fait barrage aux amis. Ils vivent là-dedans comme dans une caverne.

– C'est effrayant. Il faut absolument le tirer de là.

– Pour aller où ? Jerry ne veut pas retourner à l'hôpital.

– S'il reste en compagnie de ce monstre, il y laissera sa peau.

– Je crains qu'il ne faille vous faire une raison, Marguerite. Jerry a choisi. »

*

Cette année se termine aussi mal qu'elle a commencé. Novembre trouve Marguerite en proie aux pires accès de spleen depuis la mort de Grace. Installée dans une des pièces du rez-de-chaussée depuis son retour à Petite Plaisance, elle se sent comme une moribonde en sursis ou un cadavre en devenir. Elle songe sans cesse à Jerry, à son pauvre corps blême et couvert de papillons noirs, la cage thoracique saillante comme celle du Christ de Mantegna. Tout le reste l'indiffère, le prix Nobel finalement décerné à Claude Simon, l'élévation au rang de commandeur de la Légion d'honneur comme lot de consolation. Dérision. Vanité que tout cela. Elle ne veut qu'une chose : l'entendre ! Mais la vie lui refuse ce baume. A-t-il quitté la rue Pavée avec l'ange de la mort ? Elle laisse retentir le téléphone si longtemps qu'elle en oublie de compter les sonneries. Les nouvelles lui parviennent au compte-gouttes, toujours par les mêmes canaux, tantôt Jean-Marie Grénier, tantôt la fidèle Sabine Mignot. Mais Daniel est un redoutable geôlier. Il refuse la plupart du temps de passer Jerry à ses amis, au prétexte qu'il dort, ne veut ou ne peut plus parler.

Noël approche, avec ses laits de poule, ses pains d'épice et ses boules de verre aux portes des voisins. Pourquoi ce qui a été si longtemps un doux lumignon dans l'épaisse nuit hivernale est-il devenu cette illumination grimaçante ?

Fin décembre Paolo Zacchera lui apprend qu'il va être papa en mai. La nouvelle parvient encore à la bouleverser. Le printemps paraît aussi loin que s'il n'avait jamais existé ou ne devait jamais revenir. Où sera-t-elle en mai ? Comment oser croire que Jerry vivra encore ? Dans cet océan couleur d'encre, une parcelle d'espoir surnage. Savoir qu'Ilaria attend un enfant, c'est se rappeler que l'avenir couve dans les profondeurs de la terre glacée. Juste avant Noël, elle écrit à Paolo : *Même moi, qui ai commencé à me sentir vieille il y a trois mois, je sens parfois surgir en moi des moments de jeunesse, comme des fleurs sous la neige.*

Paolo lui propose de venir à Paris en janvier pour tenter de rendre visite à Jerry. Marguerite se raccroche à cette perspective. Oui, Paolo est l'homme de la situation. Cet ami dévoué qui n'a jamais jugé Jerry l'arrachera des griffes de son mauvais génie. Il le fera hospitaliser, le réchauffera aux rayons de son sourire.

Mais une fois sur place, Paolo ne parvient pas non plus à le voir. La porte de l'immeuble est close et il n'y a pas de noms sur l'interphone. À force d'insister, Paolo finit par avoir Daniel au téléphone. Ce dernier, odieux, répète en boucle que Jerry ne veut voir personne. Paolo rentre en Italie bredouille. Marguerite, entre-temps, s'est heurtée à la même fin de non-recevoir.

« La seule chose que vous puissiez faire, c'est nous envoyer du fric, répète Daniel.

– Si c'est pour payer votre *dealer*, soyez assuré que je n'en ferai rien.

– Jerry saura que vous n'avez pas voulu l'aider.

– Vous voulez qu'il me haïsse ?

– Il n'a pas besoin de moi pour ça. Savoir que vous lui survivrez lui suffit. »

À la fin du mois, Marguerite parvient à joindre Sabine Mignot, qui revient d'un tournage dans le sud de la France. La jeune femme prend immédiatement sur elle d'aller délivrer son vieil ami. Miraculeusement, Daniel n'est pas là quand elle stationne son véhicule au pied de l'immeuble. Sous-alimenté, endolori par les coups qu'il a reçus, Jerry ne tient pas sur ses jambes. Sabine appelle une ambulance. Jerry est hospitalisé directement en soins palliatifs. Pendant la semaine qui lui reste à vivre, il ne se départit pas d'un grand calme. Trois éminents spécialistes lui rendent encore visite, évoquent pour le principe l'hypothèse d'un nouveau protocole. Jean-Marie, Sabine, Christian Lahache, Yannick Guillou, Fance Franck, une amie américaine de Jerry, se relaient à son chevet.

Marguerite lui fait livrer des tulipes dans un vase indien d'argile rouge. Elle parvient enfin à entendre le son de sa voix. Aussitôt, elle se lamente de ne pas être en état de faire pour lui ce qu'il a fait pour elle, il y a seulement quelques mois.

« N'ayez pas de regrets, lui dit-il. J'ai bien vécu. J'ai été aimé. Je pars content. »

Dans la nuit du 7 au 8 février 1986, une méningite virale a raison de ses dernières défenses. De l'autre côté de l'Atlantique, un tressaillement arrache Marguerite à sa torpeur. Superstitieusement, elle ouvre une fenêtre. Un appel de Sabine lui confirme ce qu'elle sait déjà.

Elle allume une bougie. Marmotte un bout de prière.

« Paix à son âme tourmentée. »

36

Huit jours depuis le décès de Jerry. Quinze jours. Un mois. Marguerite le note dans ses carnets. Elle l'écrit à ses correspondants. Besoin de dresser ce constat ahuri, celui du lent quoique inéluctable écoulement temporel. Le chagrin se creuse. La nuit s'épaissit. Stupeur des morts annoncées qui paraissent invraisemblables une fois survenues. Scandale réciproquement révélé de la jeunesse foudroyée de Jerry et de son trop grand âge à elle.

La voilà seule pour la troisième fois de sa vie. Après Michel, le père qui a fait d'elle une femme libre, après Grace, la compagne plus solide qu'un roc, son île et son continent tout à la fois, voilà que celui qui aurait dû, jusqu'à son dernier jour, lui tenir lieu de bâton de vieillesse, celui qui incarnait à ses yeux la beauté et la jeunesse éternelles, lui fait irréparablement défaut.

Obsessionnellement, elle fait le compte des affections restantes. Paolo Zacchera, Monicah Njonge, Janet Hartlief, Jean-Pierre Corteggiani, Yannick Guillou, Claude et Colette Gallimard, de l'autre côté de l'Atlantique. DeeDee Wilson, Jeannie Lunt, Joan Howard et Yvon Bernier, de ce côté-ci. Sans parler du dernier chien, Fou-Kou, son merveilleux caniche noir.

Et puis il y a les amis de Jerry. Ceux dont elle recherche le contact parce qu'ils les ont connus ensemble, les ont *reconnus comme couple*. Jean-Marie Grénier, Christian Lahache, Sabine Mignot… Eux seuls accepteraient peut-être d'être les officiants du nouveau culte dont elle songe à faire de Jerry le dieu, le saint et le martyr. La seule vertu du temps qui passe est d'opérer une purification mémorielle. Déjà, les noirceurs et les souillures s'atténuent. Il ne reste plus dans son esprit que le Jerry solaire, l'enfant chéri, généreux et délicat, celui qui a partagé avec elle le goût de la musique noire, des paysages sublimes, des matins aux influx de vigueur rimbaldiens.

À défaut de pouvoir lui consacrer une ville comme Hadrien à son amant, elle aimerait du moins rassembler les preuves de son passage sur terre. Mais ne restent que des cendres. Et même les cendres, elle n'y aura pas droit. Betty la terrible a réclamé son dû et Marguerite n'a pu s'y opposer. Les résidus calcinés de Jerry sont revenus en Arkansas, dans cette terre gangrenée par la pauvreté et le racisme, ô ironie.

À défaut d'une urne cinéraire, il lui faudra se contenter d'un cénotaphe. Elle songe déjà à l'emplacement, dans l'herbe douce du cimetière de Brookside, à Somesville, à côté de la tombe de Grace. Il faudra, sous la pierre gravée, placer les objets précieux, les possessions, rares, qui auront échappé à la vigilance de Betty et à la cleptomanie de Daniel, évanoui dans la nature sitôt Jerry disparu. Jean-Marie doit lui remettre le petit grenat que Jerry portait à l'oreille, et qui a dû être retiré avant l'incinération. Mais aura-t-elle la force de vivre pour accomplir ces gestes rituels ? Saura-t-elle elle-même résister à la tentation de mettre fin à ses jours ?

⋆

Dès les premiers jours du printemps, elle sent la sève couler plus dru en elle. Son teint se colore. Ses joues reprennent de leur arrondi. Le désir de vivre – voyager, écrire, s'entourer d'amis – lui revient, presque intact. Avidité, avidité chérie ! Seule la mort pourra l'en guérir.

Elle observe dans la glace la fine cicatrice qui surmonte comme un trait de crayon brun son arcade sourcilière. Précieux vestige. Il lui donne l'air d'une divinité orientale. Offre quelque chose de plus inquiétant, de moins uniformément bon à son visage.

Pour son retour en Europe, elle s'entoure de Stanley Cranston, le galeriste new-yorkais, et de Monicah Njonge, l'infirmière kenyane. La voilà de nouveau à Amsterdam, Bruxelles, Bruges-la-très-chère. Les années se confondent. Ce n'est plus la silhouette de Zénon ou le fantôme de Grace qu'elle traque au détour d'une rue mais, vertigineuse mise en abyme, l'ombre de Jerry débusquant avec elle leurs traces, au cours des sept dernières années.

En mai, elle s'installe au Ritz, dans la suite même où Jerry a tenté de se suicider. Elle ne résiste pas au désir de s'allonger dans la baignoire, tout habillée. Fermant les yeux, elle croit voir Hadrien caressant les bords de la citerne où Antinoüs s'est noyé. Dans un tiroir, elle trouve des photos des voyages au Japon, Kenya, Maroc. Il faudra les intégrer à l'album des citations de ses sages préférés, cette collaboration qu'elle n'a pas renoncé à mener à terme.

Elle se rend à l'hôpital Laennec, où Jean Eustache a tourné des scènes de *La Maman et la Putain*, quinze ans plus tôt. On lui montre la chambre où Jerry est mort. Elle a l'impression de la reconnaître, grâce à la description que lui en a faite Fance Franck au matin du 8 février. Le lit déjà fait, irradié par un froid soleil. En ce jour de mai, la brutalité de l'absence la foudroie.

Les rares possessions de Jerry, colifichets et jeans élimés, ont disparu. Seuls son grenat et ses carnets de voyage ont été mis à l'abri. Elle range le bijou dans son petit coffre et relit les carnets. C'est un relevé de dates, de noms, de faits, exhaustif mais fastidieux. Rien, dans ce recensement au style scolaire, qui recrée un tant soit peu la magie de leurs voyages.

Où retrouver Jerry vivant ? Ni au crématorium du Père-Lachaise, où elle manque de se trouver mal. Ni parmi les icônes orthodoxes de sa chère église Saint-Serge, où elle tente de prier. Stanley Cranston l'emmène dans les bars où Jerry avait ses habitudes. Au milieu des banquettes de skaï et des corps à demi nus, elle retrouve le sentiment d'incongruité qu'elle avait éprouvé à Tokyo, dans le club de strip-teaseuses, et dans le quartier rouge d'Amsterdam. L'envers macabre de la fête lui saute au visage, le plaisir en overdose repeint aux couleurs du sida.

*

Comme toujours dans la Ville Lumière, le décalage entre vie intérieure et vie mondaine s'accuse. Elle craint les effets de la célébrité, fuit plus que jamais le quai Conti. Elle ne quitte sa suite au Ritz que pour une emplette éclair à la librairie Galignani ou une promenade au bois de Boulogne, sous sa houppelande garnie de pain sec pour les canards. Un jour, non sans une certaine appréhension, elle accepte un déjeuner chez Claude Gallimard en compagnie de François Mitterrand. Le président amoureux des livres et des monuments compte-t-il la sonder sur la future pyramide du Louvre ou sur Simone de Beauvoir, sa cadette de cinq ans décédée le mois dernier ?

Au rayon nécrologie, elle est davantage préoccupée par la mort de Matthieu Galey. Le critique littéraire est décédé des suites de la maladie de Charcot, *quinze jours à peine après Jerry*. Cette coïncidence ravive un remords enfoui. Galey avait à peine plus de cinquante ans. Les mauvaises langues disent que c'est le sida qui l'a emporté. Cette stigmatisation l'indigne. Vrai ou faux, personne ne devrait partir aussi jeune.

Quant à elle, est-ce son destin que de devoir enterrer tous ceux qui l'ont approchée ? Ce n'est pas ici que l'éternité sera retrouvée.

*

Au cours des dix-huit mois qui lui restent à vivre, l'histoire de Marguerite n'en finit plus de bégayer. L'alternance des séjours à Petite Plaisance et des voyages sur les traces de l'ami perdu reprend, sur un mode automatisé. Elle ne hait pas cette routine, après tout plus variée que celle de la plupart des hommes. L'énergie ne lui fait pas défaut, l'appétit non plus, mais le cœur est à sec et elle ne parvient plus à *inventer sa vie.*

Elle songe à un quatrième volume du *Labyrinthe du monde*, un dernier volet qui la conduirait enfin à sa vie adulte, à sa rencontre avec Grace. Elle craint que le temps ne lui soit compté. Nouvelle ruse de l'inconscient pour l'empêcher de parler directement d'elle ? De toute façon, il faut terminer le troisième tome. Et d'abord « Les miettes de l'amour », ce chapitre qui lui fait revivre l'enfer du dernier voyage en Inde. Quand elle en vient à bout, c'est pour mieux s'enliser dans les « sentiers enchevêtrés », nouvelle étape fangeuse du parcours de Conrad de Vietinghoff. Yannick Guillou a beau l'encourager, elle ne sait plus, au fond d'elle-même, si elle pourra jamais trouver l'issue.

De petits travaux font diversion, une conférence sur Borges, une étude sur Rembrandt. Rien d'envergure. La sensation de piétiner reprend le dessus.

Elle retourne en Italie, Hollande, Belgique, Angleterre. Le ressassement l'angoisse désormais autant qu'il la rassure. Dans ce domaine aussi, il faudrait de l'inédit. Terres inexplorées, nouvelle Amérique ou nouvelle lune. Antarctique ? Australie ? Que lui font ces latitudes qui n'ont jamais entendu parler de Jerry ?

Alors l'idée du Népal revient, comme une évidence refoulée. N'était-ce pas le terme prévu de leur tour du monde ? Elle en parle à ses amis. Les invite à tout lâcher pour s'occuper des détails pratiques du voyage et lui organiser une rencontre avec le dalaï-lama. Le fidèle Paolo Zacchera promet d'abandonner poupon et pépinière. Elle veut y croire. Elle sera encore de ce monde. Et c'est là qu'elle retrouvera Jerry.

*

Paolo n'a pas pu se libérer. Le voyage au Népal est repoussé d'un an. Faute de mieux, c'est au Maroc qu'elle cherche Jerry en ce début d'année 1987. Étape par étape, elle refait le merveilleux périple de l'hiver 81. Rabat, Tanger, Fès. Marrakech, Ouarzazate, Taroudant. Quelques fidèles la suivent, Jean-Marie Grénier, Christian Lahache, Janet Hartlief.

Peu lui importe ce que disent les journaux – cet article odieux paru dans *France-Dimanche* qui la peint en impératrice ne se déplaçant qu'avec dix-sept malles et une tribu d'admirateurs homosexuels. Ignorant tout de la vie spirituelle, ils n'en restent qu'à l'écume la plus vulgaire.

Les amis, eux, s'inquiètent de son état d'exaltation fiévreuse autant que de ses brusques accès de mélancolie. À l'hôtel Salam de Taroudant, n'a-t-elle pas été surprise par un couple de Danois en train de fouiner dans leur chambre ? À leurs questions, une seule réponse :

« C'était la chambre de Jerry. »

Vêtue d'une capeline beige ayant appartenu à Grace et qui la protège des vents violents, Marguerite ressemble de plus en plus à une vieille idole de cuir repoussé, un chamane ou une sorcière. Des remparts d'Essaouira à la médina de Marrakech en passant par les villages du Haut Atlas, elle trotte, infatigable et mystique. Elle interroge le ciel, caresse les pierres, broie entre ses doigts une feuille d'eucalyptus, s'entretient avec des marabouts. Quand le soleil se couche, elle s'immobilise devant l'horizon ocre rouge, yeux plissés, à la recherche d'augures.

À Fès, la veille du premier anniversaire de la mort de Jerry, elle cherche partout dans la médina certaines bougies qu'ils aimaient à faire brûler ensemble. Elle les trouve finalement dans une échoppe, près du mausolée de l'émir Moulay Idriss II. Au moment de remonter les rues en pente, elle s'aperçoit qu'elle a les jambes coupées. Livide, à bout de souffle, elle doit rentrer à l'hôtel à bord de la charrette d'un marchand ambulant, suivie d'une ribambelle d'enfants qui crient : « Vieille maman malade ! »

La nuit même, elle manque de mettre le feu aux tapis de sa chambre transformée en chapelle ardente.

« Voulez-vous nous faire terminer en méchoui ? » s'exclame Janet, furieuse.

À quelque temps de là, Marguerite manque de s'asphyxier dans son sommeil, à cause du gaz carbonique dégagé par le poêle de sa chambre. C'est Janet, de nouveau, qui la sauve en ouvrant grand la fenêtre.

« M'imaginez-vous vraiment mourir dans des conditions aussi ridicules ? demande Marguerite en riant. Croyez-moi, mon heure n'est pas encore venue. »

Épilogue

> « Et ils voguent vers de différents ports,
> Sur la vaste mer de l'Être, et chacun
> Porté par l'instinct qui lui a été donné. »
>
> Dante, *Le Paradis*.

Marguerite Yourcenar est morte le 17 décembre 1987, des suites d'une attaque survenue quelque six semaines plus tôt.

Le 23 décembre, elle aurait normalement dû s'envoler pour un voyage de deux mois en Inde puis au Népal, en compagnie de Paolo Zacchera.

Dans l'intervalle entre son ictus et sa mort, elle a eu la joie de tenir entre ses mains *La Voix des choses*. Ce recueil de ses citations fétiches illustré par les photographies de Jerry Wilson fut leur dernière collaboration et le dernier livre qu'elle a publié de son vivant. *Quoi ? L'Éternité,* le troisième volume inachevé du *Labyrinthe du monde*, n'a paru qu'en 1988.

Daniel S., également malade du sida, est mort en 1989. Il se serait noyé dans la Seine.

Les cendres de Marguerite Yourcenar reposent au cimetière de Brookside, à Somesville, à côté de celles de Grace, avec les débris de la plaque de malachite enveloppés dans l'écharpe blanche de sa réception à l'Académie française. En face, une dalle à la mémoire de Jerry porte sur le côté cette inscription en grec, ΣΑΟΦΡΩΝ ΕΡΩΣ, qu'elle avait elle-même traduite ainsi :

« Le calme, l'intelligent amour. »

Note

La bibliographie yourcenarienne étant tentaculaire, je ne citerai ici que mes principales sources, à commencer par l'incontournable biographie de Josyane Savigneau, *Marguerite Yourcenar, l'invention d'une vie* (Gallimard, 1990, réédition Folio, 1993). Certaines pages m'ont été inspirées par la biographie de Michèle Goslar (*Yourcenar, « Qu'il eût été fade d'être heureux »*, Éditions Racine, 1998, réédition L'Âge d'homme, 2014) et l'essai de Michèle Sarde, *Vous, Marguerite Yourcenar : la passion et ses masques* (Robert Laffont, 1995). L'ouvrage d'Achmy Halley, *Marguerite Yourcenar, portrait intime* (Flammarion, 2018) m'a aidé, grâce à sa riche iconographie, à entrer « en sympathie » avec les lieux, objets et visages du monde de Yourcenar. Le riche *Dictionnaire Marguerite Yourcenar*, sous la direction de Bruno Blanckeman (Honoré Champion, 2017) a été d'une aide plus qu'appréciable. L'écriture de certains passages a en outre été rendue possible par le petit ouvrage de Paolo Zacchera, *Une amitié particulière, correspondance et rencontres avec Marguerite Yourcenar* (Apeiron, 2013), d'autres par celui de Christian Dumais-Lvowski, *La Promesse du seuil : un voyage avec Marguerite Yourcenar* (Actes Sud, 2002). Les bulletins du CIDMY (Centre international de documentation Marguerite Yourcenar) ont été consultés pour reconstituer l'itinéraire géographique et la personnalité de Yourcenar, en particulier *Les Voyages de Marguerite Yourcenar* (Cidmy, 1996), *Marguerite Yourcenar, dix ans après…* (Cidmy, 1997) et *Marguerite Yourcenar et l'Amérique* (Cidmy, 1998). Il me faut également citer *Marguerite Yourcenar, Portrait d'une voix* (« Les Cahiers de la NRF », Gallimard, 2002) et les « témoignages inédits » publiés dans *La Revue des Deux Mondes* (1997) sous le titre *Marguerite Yourcenar : la voix du siècle*, à l'occasion du dixième anniversaire de sa mort.

C'est aussi dans l'œuvre même de Marguerite Yourcenar que j'ai trouvé le matériau de ce roman. Outre les romans tous publiés chez Gallimard, en particulier *Mémoires d'Hadrien*, *L'Œuvre au noir*, *Alexis ou le Traité du vain combat*, *Le Coup de grâce*, *Feux*, *Un homme obscur*, et le recueil d'entretiens réalisés par Matthieu Galey et publiés sous le titre *Les Yeux ouverts* (Le Centurion, 1980, réédition Livre de poche, 1981), citons sa correspondance, et particulièrement le volume édité par Michèle Sarde et Joseph Brami sous le titre *Lettres à ses amis et quelques autres* (Gallimard, 1995, réédition Folio, 1997). J'ai recouru, pour l'évocation du séjour au Japon au *Tour de la prison* (Gallimard, 1991, réédition Folio, 2013), résidu du projet d'une relation exhaustive de ses voyages des années 80. Des suggestions me sont venues du *Labyrinthe du monde* (« Biblos », Gallimard, 1990) et plus particulièrement son dernier volume resté inachevé, *Quoi ? L'Éternité* (Gallimard, 1988), qui comporte une transposition du deuxième séjour en Inde avec Jerry Wilson et Daniel S. – comme le confirme l'étude de Simone Proust consacrée à « *Quoi ? L'Éternité* » *de Marguerite Yourcenar* dans la collection « Foliothèque » (Gallimard, 2001).

Parmi les essais de Yourcenar rassemblés pour la Bibliothèque de la Pléiade sous le titre *Essais et mémoires* (Gallimard, 1991) et comprenant aussi *Le Labyrinthe du monde*, citons *Mishima ou la Vision du vide* et *Les Songes et les sorts* (réédités tous deux en Folio).

Il ne faut pas oublier les deux collaborations livresques entre Yourcenar et Jerry Wilson, à savoir *Blues et gospels* (Gallimard, 1984) et *La Voix des choses* (Gallimard, 1987).

Enfin, les très nombreux enregistrements pour la radio et la télévision disponibles aussi bien sur le site de l'INA que sur YouTube ou l'application de Radio France m'ont permis de voir et entendre à loisir Marguerite Yourcenar « telle qu'en elle-même ».

Références des citations

Marguerite Yourcenar, *L'Œuvre au noir*, 1968 – © Éditions Gallimard

Marguerite Yourcenar, *Quoi ? L'Éternité*, 1988 – © Éditions Gallimard

Marguerite Yourcenar, *Feux*, 1993 – © Éditions Gallimard (collection « L'imaginaire »)

Marguerite Yourcenar, *Le Coup de grâce*, 1939 – © Éditions Gallimard

Josyane Savigneau, *Marguerite Yourcenar, L'Invention d'une vie*, 1990 – © Éditions Gallimard

Marguerite Yourcenar, *Le Tour de la prison*, 1991 – © Éditions Gallimard

Marguerite Yourcenar, *Les Charités d'Alcippe*, 1984 – © Éditions Gallimard

Marguerite Yourcenar, *Lettres à ses amis et quelques autres*, 1995 – © Éditions Gallimard

Achmy Halley, *Marguerite Yourcenar, Portrait intime*, 2018 – © Flammarion SA

Ferdinand Alquié, *Le Désir d'éternité*, 1943 – © PUF

Marguerite Yourcenar, *Écrit dans un jardin* – © Éditions Fata Morgana, 1992

Michèle Sarde, *Vous, Marguerite Yourcenar, La passion et les masques* – © Édition Robert Laffont, Paris, 1995

Marguerite Yourcenar, *Mémoires d'Hadrien*, 2019 – © Éditions Gallimard

Virginia Woolf, *Mrs Dalloway*, 2020 – © Éditions Gallimard

Michèle Goslar, *Les Voyages de Marguerite Yourcenar*, 1996 – © Cidmy

Remerciements

Du fond du cœur je tiens à remercier mes amis lecteurs aussi fidèles que généreux et avisés, Nadia Butaud, Grégoire et Bérengère Hurand, Gabrielle Kerleroux, Anne Malaprade, Jean Mattern.

À l'équipe des Éditions de La Martinière engagée avec ferveur dans ce projet, toute ma gratitude, et en particulier à Séverin Cassan, mon éditrice Marie Leroy et Valérie Beuf.

Merci à Yannick Guillou pour l'acceuil sensible et bienveillant réservé à ce projet.

Un merci tout particulier à Sylvie Guichard, ma première lectrice à l'œil de lynx, pour m'avoir aidé à corriger une erreur systématiquement reproduite au sujet de l'inscription grecque sur le cénotaphe de Jerry Wilson. Son enquête acharnée a permis de retrouver le poème grec attribué à Hadrien d'où est tirée l'épitaphe de Jerry, dans la traduction de Marguerite Yourcenar pour *La Couronne et la lyre* (Gallimard, 1979), formant ainsi système avec l'épitaphe latine d'Hadrien figurant sur la tombe de Grace Frick. Grâce à Mone Desjardins a pu être retrouvé le texte original cité et commenté par le philologue Georg Keibel dans ses *Epigrammata graeca ex lapidibus conlecta.* Qu'elle en soit ici remerciée ainsi qu'Anne-Marie Desjardins, qui a proposé sa traduction du commentaire latin de Keibel. Ce travail d'équipe m'a assuré qu'il fallait lire ΣΑΟΦΡΩΝ ΕΡΩΣ – grec homérique – et non ΣΑΠΦΡΩΝ ΕΡΩΣ, qui n'existe pas. Un immense merci aussi à Kathleen Miller, directrice exécutive de la Mount Desert 365 community, pour m'avoir envoyé ces clichés en haute résolution de la fameuse pierre, malheureusement trop enfoncée dans la terre pour livrer tous ses secrets.

La collection Rubis

La littérature est le sang qui nous bat dans les veines. Elle est notre respiration, notre élan vital. Le rubis, reine des pierres précieuses, est le symbole de ce feu inextinguible qui embrase tous nos écrivains depuis la création de notre collection, en 2017.

Littérature comme courage de dire ;
Littérature comme sincérité du partage ;
Littérature comme fascination des histoires ;
Littérature comme singularité des voix.

La collection Rubis ne publie que les livres qui ont provoqué un choc, une émotion de vie, un arrêt de l'existence sur une phrase.

Un feu inextinguible.

Dans la collection Rubis

Drapeau noir
Dominique Maisons

Hazel
Sarah Koskievic

Tempêtes et brouillards
Caroline Dorka-Fenech

Journal de guerre
Mario Vargas Llosa

Le Château des trompe-l'œil
Christophe Bigot

Les Chiens de faïence
Thomas Louis

La Pâqueline ou les mémoires d'une mère monstrueuse
Isabelle Duquesnoy

Rosa dolorosa
Caroline Dorka-Fenech

Avant les diamants
Dominique Maisons

Rhapsodie des oubliés
Sofia Aouine

Le Temps d'une allumette
Agathe Chenevez

La Redoutable Veuve Mozart
Isabelle Duquesnoy

La Massaia
Paola Masino

L'Embaumeur ou l'odieuse confession de Victor Renard
Isabelle Duquesnoy

Les Panthères grises
Patrick Eudeline

Mademoiselle, à la folie !
Pascale Lécosse

Des nouvelles de l'amour
Nicolas Rey

UN LIVRE A
LE MÊME PRIX
PARTOUT

En France, un livre a le même prix partout. C'est le « prix unique du livre » instauré par la loi de 1981 pour protéger le livre et la lecture.
L'éditeur fixe librement ce prix et l'imprime sur le livre. Tous les commerçants sont obligés de le respecter.
Que vous achetiez votre livre en librairie, dans une grande surface ou en ligne, vous le payez donc au même prix.
Avec une carte de fidélité, vous pouvez bénéficier d'une réduction allant jusqu'à 5 % applicable uniquement en magasin (les commandes en ligne expédiées à domicile en sont exclues). Si vous payez moins cher, c'est que le livre est d'occasion.

La
Martinière
littérature s'engage à
imprimer ses livres en France
pour réduire la production de $C0_2$;
à imprimer sur du papier PEFC
qui garantit une gestion durable
des forêts ; à ne faire appel qu'à des
imprimeurs appliquant la charte Imprim'vert.
La certification Imprim'vert impose la collecte
et l'élimination des déchets en conformité
avec la réglementation, un suivi régulier
des consommations d'énergie et
interdit
l'utilisa-
tion de
produits
toxiques.

RÉALISATION : NORD COMPO À VILLENEUVE-D'ASCQ
ACHEVÉ D'IMPRIMER SUR ROTO-PAGE
PAR L'IMPRIMERIE FLOCH À MAYENNE
DÉPÔT LÉGAL : AOÛT 2024. N° 155602 (104877)
IMPRIMÉ EN FRANCE